디어,
썸머

디어, 썸머

초판 1쇄 인쇄 | 2023년 8월 3일
초판 1쇄 발행 | 2023년 8월 10일

지은이 | 천지윤 · 배명은 · 최하나 · 정재희
펴낸이 | 박영욱
펴낸곳 | (주)북오션

주　소 | 서울시 마포구 월드컵로 14길 62 북오션빌딩
이메일 | bookocean@naver.com
네이버포스트 | post.naver.com/bookocean
페이스북 | facebook.com/bookocean.book
인스타그램 | instagram.com/bookocean777
유튜브 | 쏠쏠TV · 쏠쏠라이프TV
전　화 | 편집문의: 02-325-9172　영업문의: 02-322-6709
팩　스 | 02-3143-3964

출판신고번호 | 제 2007-000197호

ISBN 978-89-6799-780-9 (43810)

디어, 썸머

여름이 가져다준 모험과
판타지 앤솔러지 소설

천지윤
배명은
최하나
정재희

Bookocean

차례

한여름의 스케치

천지윤

1. 연필

여러 색의 물감이 덕지덕지 묻어있는 아리의 앞치마 주머니에서 윙, 진동이 울렸다. 검은 머리에 어깨까지 오는 단발머리를 한 여학생은 잡고 있던 붓을 내려놓았다. 물감과 연필심의 색이 섞여서 지저분해진 손으로 앞치마를 잡은 채, 유리로 된 학원 문을 열고 복도로 나왔다. 아리는 '엄마'라고 쓰인 휴대전화 액정을 바라보면서 복도를 걸어서 터벅터벅 화장실로 향했다. 홀로 샐러드 장사를 하느라 바쁜 엄마는 평소 아리에게 전화를 잘 하지 않았다. 뭔가 일이 있겠구나, 아리는 직감 했다.

"무슨 일 있어요?"

"그게……. 아리야, 너 할아버지한테 좀 가볼 수 있을까?"

"네? 갑자기요?"

"할아버지가 위암 4기래……."

위암 4기. 아리는 위암 4기라는 게 어떤 의미인지 정확히 인지할 수 없었다. 그게 얼마나 아픈 병인지도 솔직히 가늠할 수 없었다. 단지 숫자가 크니 좋은 일이 아니라는 걸 느낄 뿐이었다.

"이제 더 이상 치료할 수 없대. 병원에서 돌려보내서 집에 혼자 계시는데 엄마가 바빠서 갈 수가 없어."

"아……."

"너무 걱정돼서……."

엄마의 말이 채 끝나기 전에 아리는 입을 열었다.

"흠……, 알겠어요. 가보면 되는 거죠?"

"고마워, 딸."

아리는 화장실에서 전화를 끊고 잠시 멍하니 서 있었다. 기다란 미술학원 복도를 터벅터벅 걸어 유리문으로 향했다. 양 손바닥을 유리문에 가져다 댔다. 유리 질감 특유의 차가움이 손바닥에 전해지려고 할 때, 아리는 힘을 주어 문을 열었다.

커다란 화이트보드 칠판에 '소묘 수업'이라는 검은색 글씨가 적혀있었다. 앞에서 수업하던 학원 선생님이 큰 소리로 아리를 불렀다.

"아리야, 어디 갔다 왔어? 너 고2이야. 이제 곧 고3이라고 정신 차려야지!"

아리는 말없이 고개를 끄덕이고 자신의 자리로 갔다.

"얘들아, 이제 곧 실기 대회야. 이번 여름방학에 다들 수상해 보자! 집중, 집중! 준비됐지? 한 시간 준다. 하나, 둘, 셋. 시작!"

시작이라는 단어가 튀어나오자, 주변에서 들리던 말소리들이 뚝, 끊겼다. 들리는 건 사각사각, 사방에서 나는 연필 소리뿐이었다. 제한 시간은 1시간. 주어진 시간 안에 사과 소묘를 완성해야 했다.

왜 계속 그림을 그리고 있는지 모르겠지만, 지금 그림을 그리고 있을 때가 아닌 걸 알지만, 그냥 시간이 촉박했다. 아리는 지금, 이 시간 안에 사과 소묘를 완성해야 한다는 생각이 가장 컸다.

연필의 종류는 아주 다양하다. 그중에서 대표적으로 H와 B로 나뉜다. H는 Hard의 약자로 경도, B는 Black의 약자로 진하기를 의미한다. H연필은 연하다. 2H, 3H와 같이 앞에 숫자가 커질수록 단단하고 연해진다. B연필은 진하다. 2B, 3B와 같이 숫자가 커질수록 더 무르고 진해진다. 아리는 H, HB, 2B, 4B를 주로 사용했다.

아리가 H연필로 밑그림을 그렸다. 아무리 진하게 선을 그어도 상관없다. 다른 연필들이 더해지면 없었던 것처럼 보이지 않으니까. 쓱, 쓱, 어느새 아리는 H연필로 도화지에 밑그림을 다 그렸다.

다음은 HB연필 차례다. 아리는 연필을 45도 정도 눕혀서 손바닥이 위로 향하게 엄지와 검지로 잡았다. 밑그림으로 그려진 사과의 안쪽을 칠했다. 그렇게 진하지도, 연하지도 않다. H도 B도 아닌 명도. 어찌 보면 가장 공정한 진함이랄까? 밑그림이 어느 정도 비칠 정도였다. 아리는 HB로 사과의 밑바탕을 모두 깔았다.

곧이어 아리는 2B연필을 들었다. 2B의 역할은 중간 명암을 넣는 것이다. 이 작업은 평면적인 사과를 입체적으로 만들어 주는 기초 작업이다. 연함과 진함으로 나누자면 진함에 가까운 색. 하지만 마냥 진하다고 할 수 없다. 사람들은 편의상 심장이 왼쪽에 있다고들 하지만, 사실 심장은 중간에 위치하고 중간에서 살짝 왼쪽에 있는 것뿐이다. 아리는 속으로 2B의 위치가 딱 그런 것 같다고 생각했다. 이제 밑그림이 거의 보이지 않았다.

마지막으로 아리는 4B연필을 들었다. 4B는 진하다. 힘이 없는 사과에 생기를 불어넣어 준다. 아리는 사과의 가장 어두운 부분을 찾았다. 그리고 60도 정도로 연필을 세워서 칠했다. 이때 힘을 주어야 했다. 그리고 아리는 자연스럽게 조금씩 힘을 빼서 2B의 색과 어우러지게 연필심을 입혔다. 4B로 명암을 넣은 아리는 도화지 속 사과가 마치 진짜 사과가 된 것 같은 기분이 들었다.

아리는 그림을 그릴 때 이 순간이 가장 좋았다. 그림이 실제가 된 것 같은 기분을 느낄 수 있는 순간이. 마치 자신이 대단한 무언가를 이룬 것만 같았다.

"끝! 한 시간 지났다. 그림 모두 제출해."

선생님의 목소리에 아리의 정신이 번쩍 들었다. 그래, 맞다. 아리는 가야 했다. 할아버지 집으로. 아리는 도화지 통을 오른쪽 어깨에 멘 채 학원을 나섰다.

2. 4B

아리는 혼자 할아버지 집에 가본 적이 없었다. 아리는 할아버지와 단둘이 시간을 보낸 적도 없었다. 딱히 할아버지라는 존재와 단둘이 있고 싶지도 않았다. 그와 같이 있으면 마음 한구석이 늘 답답해지는 아리였다. 엄마가 카톡으로 알려준 할아버지 집 주소를 조용히 읽으며 휴대전화 지도로 경로를 검색했다.

충청북도 제천시 송학면…….

동서울터미널로 가서 시외버스를 타고 내린 다음 마을버스를 타야 했다. 아리는 겹겹이 쌓여 진하게 타버린 복잡한 마음을 안고 지하철로 향했다. 한여름의 푹푹 찌는 바깥 날씨와 다르게 지하철 안은 시원했다. 지하철 맨 끝 좌석에 앉은 다음 무선 이어폰을 꺼내서 양쪽 귀에 꽂았다. 이리저리 섞여서 알 수 없는 색을 내는 물감들처럼 전혀 알 수 없는 자신의 머릿속을 비우기 위해, 아리는 신나는 노래를 틀었다.

도화지 통을 양손으로 꽉 안고, 눈을 감은 채 노래 몇 곡을 듣다 보니 여기가 무슨 역인지도 알 수 없었다. 본능적으로 눈을 뜨고 왼쪽 위에 있는 안내판을 봤다. 강변역이라는 글씨가 쓰여 있었다.

"아, 내려야지."

조금만 눈을 늦게 떴다면 내려야 할 곳에서 내리지 못할 뻔했다. 아리는 서둘러 지하철에서 내려 동서울터미널로 향했다. 무인 매표소 앞에 서서 검색 창에 'ㅈ'을 누른 다음, 뜨는 여러 행선지 중에 '제천'을 눌렀다. 몇 초의 시간이 지나자 기계 진동음 소리와 함께 표가 나왔다.

"하아……."

아리는 제천행 표를 바라봤다. 깊은 한숨을 내쉬고 승차 홈 번호를 확인한 후, 왼손으로 표를 꽉 쥐었다.

"22번 승차 홈이 어디 있지?"

한참을 두리번거리던 아리는 마침내 22번 승차 홈을 찾았다. 그 앞으로 향하자, 새것 같지도 헌것 같지도 않은 팥죽색 버스가 보였다. 아리는 운전석 앞 유리에 빨간색 궁서체로 제천이라는 글씨가 적힌 흰색 배경 팻말을 확인하고 버스에 올라탔다.

버스에 올라타자마자 시원한 공기가 아리를 감쌌다. 운전기사에게 표를 건네고, 버스 통로를 걷다가 앞과 뒤에 아무도 앉지 않은 중간쯤 창가 좌석에 자리를 잡았다. 아리는 좌석에 몸을 기댄 채 멍하니 창밖을 바라봤다. 차, 건물, 도로. 버스 바깥 모든 것들은 휙휙, 쉴 틈 없이 지나갔다.

"더럽게 빠르네."

마치 실기대회에 맞춰 제한 시간 안에 소묘를 완성하기 위해 4B 연필로 빠르게 어두운 곳을 채워가는 과정처럼, 최대한 늦게 목적지에 도착하고 싶은 아리의 마음과는 다르게 버스는 빠르게 목적지를 향해 달려갔다.

두 시간 정도의 시간이 지나고 시외버스가 제천 버스터미널에 도착했다.

"아, 덥다."

아리는 마을버스를 타기 위해 5분간 걸어서 버스정류장으로 향했다. 버스정류장으로 가는 횡단보도 앞에서 한 시간에 한 번 오는 버스가 아리의 눈앞에서 휭, 지나갔다.

"차라리 잘됐다. 자고 있을 때 도착하면 더 좋지, 뭐."

아리는 횡단보도를 건너 버스정류장 앞에 있는 의자에 힘없이 푹, 앉았다. 7월의 여름은 가혹했다. 가만히 앉아있기만 해도 송골송골 얼굴에 땀이 맺혔고, 도화지 통을 메고 있는 오른쪽 어깨에 땀이 가득 찼다.

"아, 진짜 덥다. 쪄 죽겠네."

얼굴이 빨갛게 달아오른 아리는 도화지 통을 오른쪽 어깨에서 왼쪽 어깨로 바꿔서 멨다. 도화지 통이 자리를 옮기자, 아리가 입은 검은 반팔이 땀과 섞여 왼쪽 어깨에 딱 달라붙어 있었다. 온몸이 땀범벅이 될 때쯤 낡았다는 표현이 이보다 어울릴 수 없는 빛바랜 청록색 마을버스 한 대가 버스정류장으로 다가왔다. 아리는 서둘러

버스에 탑승했다.

"하, 다를 게 없네."

버스 밖의 온도와 크게 차이가 없는 버스 안의 온도에 아리는 자신도 모르게 한숨이 나왔다. 아리는 버스 좌석에 앉았다. 창문이 열려있었다. 버스가 울퉁불퉁한 길을 달리면서 흔들릴 때마다, 아리의 머리카락도 창문에서 들어오는 미적지근한 바람으로 흔들렸다. 아리는 도화지 통에 턱을 올리곤 다시 한숨을 내쉬었다.

아리의 땀이 사라질 때쯤 버스가 목적지에 도착했다. 아리가 버스에서 내리자 어느새 하늘은 짙은 남색으로 물들어 있었다. 아리는 터벅터벅 무거운 발걸음을 옮겼다. 할아버지의 집에 가까워질수록 생각이 많아지는 아리였다. 엉키고 불어나는 생각들을 제어하기가 어려웠다.

한 전원주택 앞에 선 아리는 초인종을 누르는 게 맞나 고민했다.

"자고 있을 것 같은데……."

잠깐 망설이던 아리는 휴대전화를 꺼내 엄마에게 전화를 걸었다. 몇 번의 신호음이 울리고 엄마가 전화를 받았다.

"아, 네. 닭가슴살 샐러드로 포장 도와드릴까요? 네, 네. 잠시만 기다려 주세요. 응, 딸!"

"엄마, 나 도착했는데. 할아버지 집 현관 비밀번호 좀 알려주세요. 시간이 늦어서 할아버지 자고 있을까 봐."

"딸, 가느라 힘들었겠다. 음, 아마…… 0826일 거야."

"네, 알겠어요."

"아, 저희 포장도 가능해요. 배달 앱에 등록되어 있어서……."

아리는 늦은 시간에도 바쁜 엄마와의 전화를 서둘러 끊고, 도어록을 열었다. 비밀번호를 치려고 하는 순간, 문이 확 열렸다.

"누고!"

부리부리한 갈매기 눈썹, 툭 튀어나온 광대뼈, 징그럽다는 생각밖에 들지 않는 두꺼운 입술에서 나오는 험한 말투까지. 전보다 많이 야위긴 했지만 할아버지였다.

"저예요, 저. 할아버지 주무시는 줄 알고……."

"내 이 시간에 안 잔다. 피붙이라고 하나밖에 없는데 오질 않으니. 지 할아버지 언제 자는지도 모르지. 근데 와 왔는데?"

"아니, 걱정이……."

아리의 말을 끊고 할아버지는 말을 이어갔다.

"할배 뒤질까 봐 왔는 갑지? 그리 빨리 안 뒤진다. 걱정 마라."

아리는 할아버지의 목청에 깜짝 놀라 한 발짝 뒤로 물러섰다. 할아버지는 아리를 노려보곤 입을 열었다.

"초인종을 누르지. 이 야밤에 문 열려가꼬 놀랬다아이가!"

금색 러닝셔츠에 금색 운동복 하의까지, 아리는 온몸을 온통 금색으로 도배한 할아버지를 마주하자, 머리가 어질어질해졌다. 할아버지의 금색 사랑은 세월이 지나도 변함이 없었다. 그 순간 할아버지의 시선이 아리의 얼굴에서 아리가 메고 있는 도화지 통으로 향했다.

"니 아직도 미술 하나?"

싸늘하고 날카로운 할아버지의 물음에 아리의 온몸이 꼿꼿하게 굳어버렸다. 하지만 아리는 물러서고 싶지 않았다. 굳이 서로 얼굴을 붉히지 않게 도화지 통을 들고 오지 않을 수도 있었다. 하지만 아리는 할아버지를 설득하고 싶었다. 할아버지에게 그림 그리는 것을 인정받고 싶었다. 아리는 고개를 끄덕이며 당찬 목소리로 말했다.

"네!"

"하지 말라 했다아이가."

"하고 싶은데 어떡해요?"

"저 꼴 뵈기 싫은 거 주렁주렁 달고 오지를 말던가!"

꼴 보기 싫은 거. 도화지 통을 그런 식으로 말하는 할아버지에게 아리는 상당한 반발심을 느꼈다.

"꼴 보기 싫은 거 더 안 보게 내일 날 밝으면 갈 거니까 걱정하지 마세요."

아리는 그래도 할아버지가 아프다는 생각에 자신이 할 수 있는 선에서 최대한 예의를 갖춰서 조곤조곤하게 말했다.

"저거, 저거. 할아버지한테 말하는 꼬락서니 봐라."

"할아버지가 먼저 나쁘게 말했잖아요! 가는 말이 고와야 오는 말이 곱죠!"

"쯧쯧쯧, 다 지 생각해서 하는 말인지도 모르고. 내는 인자 모르겠다. 고마 잘란다."

아리는 진짜 손녀를 생각한다면, 진짜 위해준다면 손녀가 하고 싶다는 걸 응원해 줄 수도 있는 거 아니냐는 말이 목 끝까지 타고 올라왔다. 하지만 더 말하다간 마음만 상할 것 같아 하고 싶은 말들을 꾹 삼키곤, 할아버지 집 안으로 향해 있는 발을 반대 방향으로 돌렸다.

'내 이럴 줄 알았다. 후우!'

아리는 마당으로 나와서 덩그러니 심겨 있는 한 그루의 사과나무를 발로 한 번 툭 찼다.

"뭐야, 이건!"

신경질적으로 마당에 있는 의자에 퍽 앉았다. 뒤를 돌아 전원주택을 노려봤다. 정확히는 전원주택의 유리로 된 창문 안, 불 켜진 거실 소파에 누워서 잠든 할아버지를 노려봤다.

"그림 그리는 게 그렇게 싫나? 대체 왜? 짜증 나, 진짜."

아리는 씩씩대며 두 개의 의자 중 왼쪽 의자에 앉고, 오른쪽 의자에 도화지 통을 올려놨다. 그리곤 의자 옆에 있는 손전등을 들고 딸깍거렸다. 불빛이 켜지고 꺼지고를 반복하던 중, 아리의 눈에 무언가 탁, 하고 걸렸다. 바로 마당을 지나 보이는 텃밭 왼쪽 끝에 덩그러니 있는 컨테이너였다. 어린 시절 아리가 그곳을 가려고 할 때마다 할아버지는 혼내며 근처에도 가지 못하게 했다. 어린 아리는 할아버지가 가면 안 된다고 하니 가지 않았다. 하지만 지금 아리는 할아버지가 하지 말라는 건 다하고 싶었다. 아리의 온몸은 온통 반항심으로 채워져 있는 상태였다.

"못 갈건 또 뭐 있어. 가보고 싶으면 가는 거지."

할아버지가 자는 전원주택을 다시 노려본 다음, 아리는 도화지 통을 메고 의자에서 일어났다.

아리는 손전등 하나에 의지하여 마당을 지나 울퉁불퉁한 텃밭을 걸어서 흰색 컨테이너 앞으로 가까이 다가갔다. 컨테이너에 다가가서 손을 댄 아리는 깜짝 놀랐다.

"아이씨, 먼지!"

아리의 손가락은 컨테이너의 먼지로 시커메졌다. 꽤 오랜 시간 쌓인 먼지 같았다. 아리는 조심스럽게 컨테이너를 관찰했다. 컨테이너는 자물쇠가 채워져 있었다. 자물쇠는 아무리 흔들어 봐도 꼼짝하지 않았다.

"흠, 4자리라. 4자리 비밀번호……."

잠깐 그 자리에 서서 고민하던 아리는 아까 엄마가 알려준 비밀번호를 생각해 냈다.

"아, 0826!"

아리가 자물쇠 4자리를 0826으로 맞추니 딸깍하고 자물쇠가 풀렸다.

"컥, 컥. 아우 진짜!"

자물쇠가 열리면서 먼지를 솨 뿜어냈다. 아리는 양손을 허우적대며 먼지 먹는 것을 거부했다. 자물쇠를 풀고 문고리를 돌렸다. 끼익, 꽤 오랜 시간 열지 않았는지 문이 뻑뻑했다.

아리가 낑낑대며 힘을 주니 마침내 문이 열렸다. 어두워서 안이 잘 보이지 않았다. 아리가 손전등을 켜자, 정사각형의 컨테이너 안이 서서히 보이기 시작했다. 천장에 조그만 전구가 있었다. 아리는 전구를 켜는 스위치를 찾아다니다 문 바로 옆에 있는 걸 발견했다. 아리가 스위치를 누르자 깜빡깜빡하다가 전구가 탁, 켜졌다.

"하나, 둘, 셋."

한 작품, 두 작품, 세 작품. 아리는 셀 수 없이 많은 그림을 마주했다. 이곳은 바다로 된 그림으로 가득 차 있는 아름다운 미술 공방이었다.

"바다 예쁘다."

아침 바다, 노을 진 바다, 어두운 바다. 천천히 그림들을 감상하던 중 아리의 발에 무언가 툭 걸렸다.

"어? 도화지 통이다."

아리는 쓰러진 도화지 통을 집어 들었다. 조심스럽게 도화지 통을 열어보니 안에 도화지가 들어있었다. 아리는 도화지 올릴 곳을 찾아보다가 몇 발짝 앞에 있는 나무 이젤을 발견했다. 오랜 시간 통에 담겨 있었는지 도화지는 말려있었다. 반대 방향으로 돌돌 말아서 도화지를 펴고 이젤 위에 조심스럽게 올렸다. 도화지에는 아름다운 노을로 가득한 여름 바다의 풍경과 금색 러닝셔츠를 입고 있는 검은 머리의 한 남자가 그려져 있었다.

"할아버지?"

아리는 너무도 아름다운 그 작품을 따라 그리고 싶어졌다. 자신이 메고 온 도화지 통을 열었다. 통 안에 말려있는 도화지를 꺼내고, 도화지 통을 뒤집어 안에 있던 연필을 꺼냈다. 그리곤 옆 탁자에 올려놓고 그 작품을 따라 그리기 시작했다. 아리는 금색 러닝셔츠를 입고 있는 검은 머리의 남자를 그리다 자기도 모르는 새 도화지에 엎드려 잠이 들었다.

얼마나 시간이 지났을까? 아리는 마저 그림을 그려야겠다는 생각에 눈을 떴다. 그런데 아리의 두 눈에 보이는 것은 먼지 가득한 컨테이너가 아닌 부드러운 모래사장과 맑은 하늘, 청량하고 푸른 바다였다.

"여기가 어디지?"

낯선 곳에 와서 불안해하며 두리번거리고 있는 아리에게 누군가 인사를 건넸다.

"안녕?"

"어?"

아리는 그의 모습을 보고 깜짝 놀랐다. 금색 러닝셔츠를 입고 있었다. 아까 그림 속에서 봤던 남자였다.

"할아버지예요?"

"뭐? 할아버지? 야 좀 봐라! 나 아직 젊거든? 마흔도 안 됐는데 할아버지라고 불리긴 싫다, 야."

아리는 그가 입고 있는 금색 러닝셔츠를 지금도 할아버지가 즐겨 입는다는 걸 말하려다가 말았다. 지려고 하지 않는 것도 딱 할아버지라는 생각이 들었다. 아리는 문득 젊은 날의 할아버지도 그림에 대한 인식이 좋지 않은지 궁금해졌다.

"저기요."

"응?"

"그림 그리는 거에 대해 어떻게 생각하세요?"

"그림? 좋지!"

"제가요, 할아버지가 있는데요. 그림 그리는 걸 엄청나게 싫어해요."

그는 장난스러운 표정을 짓곤 피식거리며 아리를 놀렸다.

"니가 그림을 엄청 못 그리는 거 아이가?"

"아니거든요!"

아리는 양손을 주먹으로 불끈 쥐고, 눈을 크게 뜨고 그를 쳐다보며 말했다. 잠깐의 정적이 흐르고 아리는 입을 열었다.

"있잖아요. 제가 고집을 피우는 걸까요? 전 그림 그리는 게 너무 좋은데."

"주변의 말을 듣는 건 아주 필요하지. 특히 어른들이 하는 말은!"

아리는 고개를 푹 숙였다. 그는 그런 아리의 마음을 아는지 모르는지 모래사장에 푹 앉았다.

"니 여기 앉아봐라."

"갑자기요?"

그는 아리의 소매를 살짝 잡았고, 아리는 못 이기는 척 모래사장에 털썩 앉았다.

"니 이름이 뭐꼬?"

"아리요. 조아리."

"아리, 조아리! 이름 예쁘네. 아리야, 자! 앞을 봐라."

그가 손으로 앞을 가리켰고 아리는 못마땅한 듯 입을 삐죽 내밀다 그의 손이 향한 곳으로 시선을 옮겼다.

"우와!"

아리는 넋을 놓고 노을이 지고 있는 아름다운 여름 바다의 풍경을 바라봤다.

"바다도, 하늘도 참 예쁘제?"

아리가 노을 지는 하늘과 그 노을을 담으며 일렁이는 바다에 매료되어 말없이 고개를 끄덕였다.

"바닷속에 들어가서 잠수도 해보고, 위로 고개를 올려서 하늘도 바라보고. 아래로 가라앉기도 해보고 위로 올라가기도 해보는 거 그게 인생 아니겠나?"

"그게, 도대체 무슨 말이에요!"

"아오, 아가 와 이리 땍땍거리노. 다양한 경험을 해보라꼬!"

"그니까 말을 좀 쉽게 하면 되잖아요. 어렵게 하지 말고!"

"그니까 내 말은! 니 선택에 확신이 있다면. 그리고 니가 그 선택을 책임질 각오가 충분하다면 한번 밀고 나가보라는 거다."

아리는 앞을 바라보다 옆에 있는 그의 얼굴을 바라봤다.

"니 선택이 정답일 수도 있다아이가."

그는 아리를 보곤 미소를 지었다. 아름다운 노을과 잔잔하게 춤추는 바다, 그리고 금색 러닝셔츠를 입은 그의 미소는 놀랍도록 조화로웠다.

"치, 미래에도 좀 이렇게 대해주지 그래요!"

"응?"

"아니에요!"

"아무튼 난 니 꿈을 응원한다! 진짜로!"

그 말을 하고 그는 아리의 머리를 쓰다듬어 주었다. 그 손길이 참 좋았다. 참 따뜻했다. 너무도 힘이 되었다. 응원이라는 말을 들은 아리는 행복했다. 응원이라는 단어는 참 놀랍다. 아리는 더 잘할 수 있을 것 같았다. 더 잘하고 싶어졌다. 한여름의 노을은 점점 더 말로 형용할 수 없는 경이로운 색감으로 바뀌었고, 그 아래 바다는 그 특유의 색을 내며 아름답게 빛났다. 아리의 마음도 그 색감과 잘 어울리는 조화로운 색이 되었다. 아리는 도화지에 엎드린 채 침을 흘리며 배시시, 미소를 지었다.

3. 2B

아침이 돼서 눈을 뜬 할아버지는 소파에서 일어났다. 그리고 힘겹게 거실 불을 껐다. 혹시 아리가 들어올 때 어두우면 발을 헛디딜까 봐 불을 끄지 않았다. 그런데 없었다. 여기저기 둘러봐도 아리는 없었다.

할아버지의 어제 하루는 엉망이었다. 떠날 때가 된 걸 알았지만, 막상 해결 방안이 없다는 소리를 직접 들으니 기분이 썩 좋지 않았다. 그래도 그 하루 끝, 오랜만에 손녀를 볼 수 있어서 티는 내지 않았지만 내심 좋았다. 그런데 그 사랑스러운 손녀는 도화지 통을 들고 있었다.

도화지 통, 그토록 잊고 싶은 도화지 통.

도화지 통을 봐서 그런지 머리가 지끈지끈 아팠고, 컨디션도 좋지 않았다. 손녀에게 아픈 모습을 보이고 싶지 않아 급하게 대화를 마무리하고 소파로 가서 누웠다. 아리가 마당에 있는 의자에 앉아 있는 걸 보다가 자기도 모르는 사이 잠이 들어 버렸다.

"얘가 어딜 갔지?"

할아버지는 어제 아리가 있던 마당에 있는 의자로 갔다. 사라진 손전등. 문득 불길한 기분이 머리를 스쳤다.

"설마……."

할아버지는 컨테이너 앞에 멈춰 섰다. 역시 자물쇠가 풀려있었다. 그는 컨테이너 문고리에 손을 가져다 대려고 몇 번이나 시도했지만 쉽사리 손이 가지 않았다.

"후우."

할아버지는 심호흡을 깊게 쉰 다음, 떨리는 손으로 컨테이너 문고리에 손을 가져다 댔다. 문고리가 돌아갔고, 철컥, 하고 문이 서서히 열렸다.

문이 열리는 소리에 눈을 뜬 아리는 어젯밤 만난 금색 러닝셔츠를 입은 남자를 떠올렸다. 그림 그리는 자신을 응원해 주던 젊은 날의 할아버지. 어쩌면 할아버지도 속으론 자신의 꿈을 응원해 주지 않을까 하는 생각이 들자, 아리는 할아버지와 화해하고 싶어졌다. 아리는 자신이 따라 그리던 그림 끝에 있는 이름 석 자를 가리키며 할아버지에게 말을 걸었다.

"할머니예요?"

할아버지는 아리가 가리키는 그림으로 다가가더니, 한참을 아무 말 없이 그림 앞에 서 있었다. 아리는 한 번 더 물었다.

"그거 할머니가 할아버지 그린 거예요?"

아리는 물음에 대한 대답이 돌아오지 않자, 기분이 나빠졌다.

"대답하기 싫다 그거죠? 말도 섞기 싫다 그거죠?"

아리는 또다시 인정받지 못한다는 기분이 들었다. 무시당하는 기분, 그 기분이 들 때면 서러웠다. 아리는 그림 그리는 게 좋았다. 화가가 되고 싶었다. 아니 화가가 아니어도 그림을 그릴 수 있는 무언가가 되고 싶었다. 꿈이 있다는 건 참 소중한 거라고, 세상에는 꿈이 없는 사람이 더 많다고, 많은 사람들이 말했다. 자신은 꿈이 있었다. 가족이라는 가까운 존재에게 그 꿈을 응원받고 싶을 뿐이었다.

하지만 할아버지는 이상하리만큼 그림 그리는 아리를 인정해 주지 않았다. 아리는 간절하게 할아버지에게 그림 그리는 걸 응원받고 싶었다. 아무 대답 없는 할아버지를 노려보며 아리는 자기 도화지 통을 툭툭 치면서 쏘아붙였다.

"알겠어요. 꼴 보기 싫은 거 가지고 꼴 보기 싫은 손녀는 가보겠습니다!"

아무 말도 하지 않던 할아버지는 떨리는 목소리로 그림 끝에 적혀있는 이름을 읊었다. 그리고 떨리는 손으로 이름이 적힌 캔버스를 쓰다듬었다.

"…… 박, …… 순자."

그 이름을 읊는 순간, 아리의 할아버지는 조철무가 되었다. 한 남자이자 누군가의 남편인 조철무. 그 조철무가 되었다. 할아버지에게 아리는 사랑스러운 손녀지만, 조철무에게 조아리는 항상 마주하고 싶지 않은 걸 마주 보게 만드는 존재였다. 딱 담고 싶은 정도만 기억하고 싶은 그에게 자꾸 그 이상을 담게 만드는 존재였다.

철무는 아무것도 먹지 않고 그림만 그리던 순자를 떠올렸다. 정확히 어느 순간부터인지는 모르겠지만 순자는 컨테이너에 갇혀 그림이라는 세계에 고립되어 헤어나지 못했다.

"순자야, 안에서 뭐 해!"

하루 종일 나오지 않는 그녀가 이상해서 컨테이너 문을 열려고 했지만 문이 열리지 않았다.

"순자야? 순자야!"

불길한 생각이 든 철무는 망치를 가져와서 문고리를 부쉈다. 그러자 도화지 통이 바닥으로 떨어지면서 문이 열렸다. 순자는 도화지 통에 달린 끈으로 문고리와 자기 몸을 묶은 듯했다. 그리고 그녀가 바닥에 쓰러져있었다. 도화지 통을 꼭 끌어안은 채, 철무는 그 기억을 떠올리면 마음이 쓰렸다. 조금만 더 빨리 발견했다면 순자는 살 수 있지 않았을까? 그 물음을 시작으로 생각이 꼬리에 꼬리를 물었다. 딱 그 장면만은 생각하고 싶지 않았다. 다른 건 기억해도 그 부분은 덜어내고 싶었다. 기억하고 싶은 정도의 순자만 기억하고 싶었다.

철무는 컨테이너에 문고리를 다시 달았다. 그리고 그 문고리 위에 자물쇠를 채웠다. 그렇게 순자가 사라진 그날 이후 철무는 단 한 번도 컨테이너 안에 들어가지 않았다. 검은 머리칼이 모두 사라져 흰 머리칼로 머리의 전체를 덮을 때까지, 그는 순자의 공방에 들어

가지 않았다. 온 힘을 다해서 그때의 순자를 외면했다.

그런데 도화지 통을 마주하면 지금의 철무는 그때의 철무를, 그때의 기억을 마주하게 되었다. 순자를 지키지 못한 철무. 도화지 통을 보면 철무는 자신의 실수로 순자가 죽은 것만 같아 처절하게 괴로웠다.

"…… 순자야."

그림에 손을 대자, 갑자기 그의 두 눈에서 눈물이 또르르 흘렀다. 흰 머리칼로 가득 찬 할아버지가 된 조철무는 흐르는 눈물을 손으로 닦고, 그 손을 그림에 가져다 댔다. 물감들이 눈물에 번지는 줄도 모르고 철무는 계속 그림을 쓰다듬었다.

눈물을 흘리는 할아버지를 처음으로 마주한 아리는 깜짝 놀랐다. 자신이 말을 너무 나쁘게 했나 싶어 괜히 미안해졌다.

"할아버지 제가 말이 너무 심했죠? 그냥, 나는 그림 그리는 거 인정받고 싶어서……. 할아버지는 내가 그림 그리는 게 그렇게 싫어요?"

한참을 울던 할아버지는 입을 열었다.

"맞다."

"뭐가요?"

"이거 그린 사람 니 할머니 맞다고."

"아, 그런 것 같았어요. 할아버지는 젊었을 때도 똑같이 금색을 좋아했나 봐요. 할머니 그림 진짜 잘 그리……."

할아버지는 떨리는 목소리로 아리의 말을 끊었다.

"니……."

"네?"

"니 할아버지랑 어디 좀 가자."

아리는 도대체 어디를 가려고 하는 건지 묻고 싶었지만, 할아버지의 알 수 없는 표정에 압도되어 고개를 끄덕였다. 아리는 어제 그리던 그림을 돌돌 말아 도화지 통에 넣고 느리게 걸어가는 할아버지 뒤를 더 천천히 따라 걸었다.

아리와 할아버지는 10분 정도 걸어서 버스정류장에 도착했다.

"어디 가는데요?"

"모험하러!"

"네?"

"니 모험이 뭐에 줄임말인지 아나?"

"아뇨?"

"모질고 험난한 여정!"

"그거 누가 정한 건데요?"

"내가!"

할아버지는 알 수 없는 표정을 짓다가 고개를 휙, 돌려 아리의 어깨를 쳐다봤다.

"니 그거 꼭 들고 가야겠나? 귀찮지 않나?"

아리는 힘차게 고개를 끄덕이며 말없이 메고 있던 도화지 통을 꽉 안았다.

"할아버지는 금색이 그렇게 좋아요? 어딜 가는진 모르겠지만 금색 러닝셔츠를 꼭 입고 가야겠어요?"

"흠, 저기 오네. 버스."

할아버지는 아리의 말에 괜히 기침을 몇 번 하더니 버스를 가리켰다. 한 시간에 한 번 오는 버스에 탑승한 둘은 1인 좌석에 통로를 가운데 두고 각각 앉았다. 할아버지가 반대편에 앉아있는 아리를 향해 큰소리를 냈다.

"제천역에서 내리야 한데이!"

아리는 할아버지를 쳐다보며 집게손가락을 입에 가져다 댔다.

"알겠어요! 버스에서 조용히 해야죠."

"가스나, 사람도 없는데 거참 딱딱거리기는!"

아리는 창문을 향해 오른쪽으로 고개를 돌리고, 할아버지는 창문을 향해 왼쪽으로 고개를 돌렸다. 그렇게 마을버스에서 흘러나오는 라디오 소리로 가득 찬 30분의 시간이 지나고 제천역에 도착했다. 버스에서 내린 할아버지는 매표소로 걸어가선 매표소 직원에게 말했다.

"거 부산 가는 거 있나?"

"고객님, 한 번에 가는 표는 없고 무궁화호를 타시고 대전에서 한 번 환승해서 KTX로 갈아타셔야 하는데 도와드릴까요?"

"두 장 주소."

한 번도 가본 적 없는 부산역이라는 소리를 들은 아리의 두 눈이 동그랗게 커졌다. 가까운 거리도 아니었다. 하루의 6분의 1이라는 시간, 4시간이 걸렸다.

"네? 부산역이요? 갑자기 부산에 간다고요?"

"그랴!"

"아니? 몸도 안 좋으면서 왜 그렇게 멀리……."

"뒤지기 전에 가보고 싶은 곳 가보고 뒤질라 카는 데 뭐 문제 있나?"

기차 옆 좌석에 앉고 난 뒤, 할아버지는 아리의 휴대전화를 가리켰다.

"니 그걸로 다대포 바다 가는 법 좀 검색해 봐라. 버스가 있었는데 버스 번호가 생각이 안 난다."

"다대포요?"

"그래, 다대포!"

다대포라는 처음 듣는 장소에 아리는 벙쪘다.

"아니, 바다 하면 해운대가 유명하잖아요? 다대포는 어딘데요?"

"…… 내 고향."

아리는 처음 알았다. 부산이, 다대포가 할아버지의 고향이라는 것을. 생각해 보면 가족이라는 울타리에 가려져 아리는 할아버지에 대해 아는 것이 너무도 없었다.

"알았어요. 찾아볼게요. 잠시만 기다려 보세요."

휴대전화로 부산역에서 다대포 가는 법을 검색했다. 지하철을 타고 18개의 역을 지나면 다대포에 도착할 수 있었다.

"부산역에서 1호선 타고 쭉 가면 다대포해수욕장역이 나와요."

"그새 지하철이 생겼나 보네."

아리와 할아버지는 덜컹거리는 기차에 몸을 맡기고, 북적북적한 지하철로 갈아타며 서서히 다대포를 향해 나아갔다.

다대포에 도착한 아리는 깜짝 놀랐다. 어제 본 바다와 너무도 비슷한 풍경이었다.

"어? 할머니 그림이랑……."

"그래. 맞다, 거기."

할아버지는 당연하다는 듯 시선을 해수욕장에 고정하고 입을 열었다. 그리곤 모래사장에 자연스럽게 앉았다.

"정신 사납다. 서 있지 말고 좀 앉아봐라."

"말 안 해도 앉으려고 했거든요!"

아리는 할아버지와 조금 떨어진 곳에 엉덩이를 붙였다. 적당히 따뜻하게 데워진 모래의 온도가 엉덩이를 포근하게 감쌌다.

"일로 좀 가까이 와서 앉아봐라."

갑작스레 다정해진 할아버지의 말투에 더 어색해진 아리는 일어나 엉덩이에 붙은 모래를 털고, 쭈뼛쭈뼛 할아버지의 옆으로 가서 앉았다. 아리는 어깨에 메고 있던 도화지 통을 앞으로 가지고 왔다. 도화지 통의 뚜껑을 돌려서 열었다. 조심스럽게 말려있는 도화지를 꺼내고 통을 뒤집어 안에서 굴러다니는 연필을 꺼냈다.

"니 뭐 하노?"

"어제 할머니 도화지 통에 들어있던 그림 바다 스케치를 다 못했는데 실제로 보고 그리려고요."

아리는 바다를 한 번 보고 도화지에 한 획을 그었다. 아리는 꽤 오랜 시간 그 과정을 반복했다. 아리의 뾰족한 연필심이 뭉툭해질 때까지 할아버지는 말없이 아리의 연필심이 향하는 길을 두 눈으로 따라갔다.

"다 했다!"

아리가 스케치를 다 하고 기지개를 쭉 켰다. 무의식적으로 아리는 할아버지와 눈이 마주쳤고, 할아버지는 시선을 아래로 돌렸다. 잠깐의 정적이 흐르고, 아리는 어색한 정적을 깨려 입을 열었다.

"왜 할아버지는 계속 부산 사투리를 쓰는 거예요? 제천 온 지 엄청 오래됐잖아요."

"음…, 잊아뿔까봐."

"뭘요?"

"소중한 것들을 잊아뿔까봐. 아픈 기억을 잊고 싶은데 그라다가 진짜 다 잊아뿔까봐."

"소중한 것들을 안 잊으면 되잖아요. 일기를 써도 되고."

"이상하게 아픈 기억이랑 소중한 기억은 겹쳐있드라……. 그 일기를 쓰면 너무 선명하게 기억되니까. 사투리를 쓰는 정도만. 딱 그 정도만 기억할라고."

할아버지는 모래를 왼손으로 한 움큼 쥐었다.

"이 모래를 잡을라꼬 하면 이렇게 좌르르, 흘러 나간데이."

할아버지의 엄지와 검지 사이, 검지와 중지 사이, 중지와 약지 사이, 약지와 소지 사이로 모래가 스르륵 빠져나갔다.

"여기 모래는 또 잡으려고 한 게 아인데 희한하게 남아있고."

할아버지가 손바닥 손금 사이에 끼어 있는 작은 모래알들을 아리에게 보여줬다.

"내는 이제 사라지는 모래는 안 잡고, 남아있는 모래는 그대로 둘라칸다."

그 말을 끝으로 할아버지는 빛나는 태양과 그 아래 반짝이는 금빛 물결을 멍하니 바라봤다.

"노을이 참 장관이네."

아리의 두 눈도 할아버지가 향하는 시선을 따라갔다.

"꼭 저 색으로 칠해야겠어요!"

"으잉?"

"방금 그린 스케치요. 그거 나중에 색칠할 때 꼭 지금이랑 같은 색으로 칠할 거라고요!"

"노을, 느그 할매가 참 좋아했데이. 같이 이렇게 여기 앉아서 느그 할매랑 보곤 했다."

할아버지가 뒤를 돌아 할머니와 살았던 곳을 가리켰다.

"우리는 저기 뒤에 살았고, 느그 엄마는 저기 우리 바로 옆에 살았고."

"네? 엄마도 부산에 살았어요?"

"몰랐나? 느그 엄마 부산 토박인데?"

"…… 전혀 몰랐어요."

"하긴 느그 엄마가 부산말을 아예 안 쓰니까는."

아리가 자신의 양손을 탁탁 부딪치며 손바닥에 붙어있는 모래들을 털어냈다.

"근데요. 할아버지. 모래는 이렇게 하면 털어져요."

할아버지는 손바닥에 있는 모래를 한참 바라보다가 양손을 탁탁 부딪쳤다.

"맞네, 니 말이 맞네. 이렇게 모래를 탈탈 털 수 있는 힘이 생기면 그때 털면 되겠네…….”

생각이 복잡한 듯, 근심이 가득해 보이는 할아버지의 표정을 본 아리는 무슨 말이라도 해야겠다는 생각이 들었다.

“음, 그럼 그릴 때요. 너무 복잡한 거보다 단순한 게 더 좋을 때가 있어요. 생각이 복잡할 때는 단순하게! 심플 이즈 베스트!”

“하하하, 좋네! 심쁠 이즈 베스뜨!”

부드러운 모래사장에 앉은 둘은 서로에게 부드러운 미소를 지어 보였다. 할아버지는 아리의 그림을 바라보더니, 입을 열었다.

“인자 내도 모래를 탁탁 털어 낼 힘이 생긴 것 같다. 가자!”

“어디 가요? 돌아가요?”

“아니, 밥 무러! 아고고, 일어나자.”

할아버지가 힘겹게 자리에서 일어나려고 하자, 아리가 먼저 일어나서 할아버지에게 양손을 내밀었다.

“고맙다.”

“고맙죠? 그럼, 그림 그리는 거 응원해 줘요!”

“에잇! 쯧쯧쯧. 그 돈도 안 되는 거 와 할라 그라노. 선생님도 있고 공무원도 있고 검사도 있고 할 게 얼마나 많은데. 고마 혼자 일어날란다!”

할아버지가 아리를 보곤 혀를 차며 고개를 절레절레 저었다. 진하게 눌렀던 명암이 걷히고, 어둡게 칠해졌던 톤이 서서히 옅어졌다.

4. HB

할아버지는 한 걸음, 한 걸음 발걸음을 옮겼다. 아리는 조금은 위태로워 보이는 할아버지의 발걸음을 맞춰 옆에서 걸었다. 5분 정도 걷다가 할아버지가 멈췄고, 아리도 할아버지를 따라 멈췄다.

"다 왔다! 아직 그대로네!"

아리는 미심쩍은지 고개를 갸웃거리며 나무로 된 가게의 간판을 한 글자씩 읽었다.

"재……, 재, 첩, 국?"

"들어가자!"

할아버지가 문을 열자, 아래로 내려가는 나무 계단이 있었다. 할아버지는 쿵, 쿵, 발소리를 내며 요란하게 계단을 내려갔다. 아리는 할아버지가 계단을 내려가다 넘어질까 요리조리 할아버지를 살피며 조심스럽게 뒤따라갔다. 계단을 다 내려오자, 나무로 된 데스크에 직원이 서 있었다.

“안녕하세요, 뭐 드릴까요?”

“재첩국 두 개 주소!”

“네, 이쪽으로 오세요.”

직원은 아리와 할아버지를 가게 안쪽으로 안내했다. 엄청나게 크진 않았지만, 겉에서 봤을 때보단 넓은 면적이었다.

“전 한 번도 안 먹어봤어요.”

“맛있을끼다. 내도 좋아했고, 할매도 좋아했고…….”

아리와 할아버지가 몇 번의 대화를 주고받고 나니 종업원이 주문한 음식을 은색 쟁반에 올려서 가져왔다. 종업원이 흰밥과 재첩국을 할아버지 앞에 뒀다.

“자, 묵어봐라!”

곧이어 종업원이 아리 앞에 흰밥과 재첩국을 놓으려고 쟁반 위에 있는 재첩국을 집으려 했다. 할아버지는 그 찰나의 순간을 기다리지 않고 아리에게 먼저 나온 밥과 국을 들이밀었다. 종업원은 그런 할아버지를 보며 미소를 지었다.

“손녀를 참 많이 좋아하시나 보네!”

할아버지는 어색하게 헛기침했고, 그 모습을 보는 아리의 기분이 묘했다. 아리의 앞에 놓여있는 재첩국도 묘했다. 길고 얇은 초록색 부추에 짧고 통통한 주황색 재첩이 어색한 듯했지만, 썩 조화로웠다. 아리는 특히 재첩국의 국물 색이 눈에 들어왔다. 재첩국의 국물 색은 투명함과 불투명함의 중간인 명도, H도 B도 아닌 HB연필과 참 닮아있는 명도였다. 빤히 재첩국을 바라보고 있는 아리를 보고 할아버지가 재첩국에 밥을 말며, 말했다.

"뭐하노? 빨리 무라."

"이거 말아 먹는 거예요?"

"니 하고 싶은 대로 하면 댄다. 평소에는 니 하고 싶은 대로 잘만 하드만."

아리는 숟가락을 들고 재첩국의 국물을 담았다. 그리고 입으로 가져갔다. 호로록, 국물을 음미했다.

"으음?"

아리가 약간 씁쓸하고 비린 국물 맛에 인상을 살짝 찌푸리자, 할아버지가 재첩국에 밥을 말던 것을 멈추고 아리를 쳐다봤다.

"와?"

"좀 쓴 거 같아요. 저랑 안 맞는 것 같아요."

"좀만 참고 묵어봐라. 단맛도 나고 개운한 맛도 날끼다."

할아버지는 재첩국과 섞인 흰 쌀밥을 한 숟갈 뜨더니 입 안으로 넣었다. 숟가락이 입에 들어가는 속도가 점점 빨라졌다.

그 모습을 보고 아리도 따라서 재첩국을 먹기 시작했다. 할아버지 말대로 먹다 보니 단맛도 나고 개운한 맛도 났다.

"오, 먹다 보니 괜찮은 것 같아요."

"그렇다니까!"

아리가 재첩국을 반도 다 못 먹었을 때, 할아버지는 국그릇을 들고 남은 국물까지 후루룩, 마셨다.

"카아, 여전하네! 이거지. 역시 맛있다. 따봉!"

"벌써 다 먹었어요?"

"그래! 니 당연하지만서도 어려운 음식점의 아주 중요한 원칙이 뭔지 아나?"

할아버지는 모를 거라는 확신을 가진 듯 코를 찡긋거리며 아리를 봤다. 아리는 대답하고 싶었다. 대답하지 못하면 뭔가 진 것 같은 기분이 들 것 같았다. 그래서 떠오르는 아무 말이나 뱉었다.

"청결? 깨끗하게 유지하는 거요!"

할아버지는 두 번째 손가락을 휘휘 저으며 왼쪽 입꼬리를 올렸다.

"땡! 한결같은 맛을 유지하는 거! 여기는 올 때마다 맛이 똑같데이."

아리는 왠지 진 것 같은 기분이 들어서 입술을 부딪치며 푸, 소리를 냈다.

"치, 청결도 맞거든요. 뭐 엄청 많이 온 사람 같이 말하네요."

"야 봐라? 내가 여기를 얼마나 왔는데!"

"얼마나 왔는데요?"

"말해 뭐해! 진짜 오래전부터……, 잠깐만 내 화장실 좀 다녀올게. 묵고 있으래이."

할아버지는 주춤거리며 의자에서 일어나 의자를 잡았다. 잠깐 화장실이 어디에 있는지 살핀 다음, 불안한 듯 화장실로 향했다. 아리는 빈 앞자리를 개의치 않고 호로록, 조금씩 재첩국을 비워갔다. 재첩국 국물이 얼마 남지 않았을 때까지 할아버지는 오지 않았다.

"왜 안 나오지?"

아리는 조금 이상한 생각이 들어 화장실 쪽으로 향했다. 닫혀있는 남자 화장실 문에 귀를 대보니, 표정이 찡그려지는 소리가 들렸다.

"우웩, 우웩, 우웨엑."

이 소리는 무언가를 게워 낼 때 나는 소리가 틀림없었다. 점점 커지는 소리에 아리는 할아버지가 아프다는 걸 잠시 잊은 자신을 마주했다. 아리는 겁났지만, 문을 열어야겠다는 생각이 들었다. 때론 마주하고 싶지 않은 것도 용기 내서 마주해야 할 때가 있으니까. 아리가 문을 열려고 문고리를 잡은 순간, 문이 탁, 하고 열렸다.

"으이, 니 뭐고?"

"할아버지 토했어요?"

"아이다."

"우웩하는 소리가 났잖아요. 많이 아픈 거예요? 아픈데 갑자기 왜 이렇게 멀리 오자고 했어요!"

"그……, 동……."

"그동안 참았다고요?"

"아니, 동……, 똥 쌌다!"

"아, 뭐예요. 놀랐잖아요."

아리는 똥이라는 소리를 듣자, 온몸에 긴장이 풀렸다. 바짝 섰던 세포들이 축 늘어진 느낌이 들었다.

안도의 한숨을 쉬고 있는 아리를 보고 할아버지는 고개를 한 번 까딱했다.

"다 묵었나?"

"네. 뭐 대충."

"그럼 가자!"

"이제 돌아가요?"

"아니 또 갈 데가 있다!"

"아직 갈 데가 더 있다고요?"

"그래!"

"어디요?"

"정말 가기 싫었지만 진짜 가고 싶었던 곳……."

도대체 이 사람이 아픈 사람이 맞나, 아리는 뜨거운 열기를 온몸으로 맞으며 할아버지의 옆을 걸었다. 바로 앞에 버스정류장이 있었고, 얼마 지나지 않아 버스가 도착했다. 할아버지가 좌석에 앉았고, 아리는 잠시 멈칫하다 그 뒷자리에 앉았다.

"여긴 어디랑 다르게 버스가 금방 오네요."

"그래, 여기가 살기 좋지."

"그럼, 부산에 계속 살지 왜 시골로 갔대요."

"그러게. 계속 살 걸 그랬다."

"그럼 더 자주 만나러 왔을 텐데."

"이거 봐라, 뻥치기는!"

아리는 약간 민망해서 혀를 살짝 내밀어 이로 눌렀고, 할아버지는 그런 아리에게 꿀밤을 때리는 시늉을 했다. 다섯 정거장이 지나자, 할아버지는 아리의 어깨를 쳤고, 둘은 버스에서 내려 목적지로 향했다.

할아버지는 재첩국을 먹다 갑자기 머리가 어지럽고, 속이 메스꺼웠다. 이상할 일은 아니었다. 돌이킬 수 없이 망가진 몸이 지금까지 버텨준 것도 감사한 일이었다. 사실 제일 먼저 향했어야 했던 곳이었다. 아리에게 보여줬어야 했을 곳이었다. 한 번, 두 번. 그렇게 이번에도 기회를 놓쳐갔다. 속에 있던 것을 모두 게워 내고 혈변을 보고 나니, 이제는 기회를 놓치면 안 되겠다는 생각이 들었다. 그래서 그곳으로 향하기로 했다.

수목장 앞에 선 아리는 꽤 자란 나무들과 마주했다. 천천히 그 나무들 앞에 적혀있는 이름을 읽었다.

"박순자……, 조……, 조대원……."

조대원. 그 이름 뒤에 있는 사진 한 장을 본 아리의 온몸이 파르르 떨렸다.

"그……, 그림, 할머니가 그린 그림 할아버지 아니었어요?"

마주하고 싶지 않은 순간, 마주해야만 하는 순간, 어쩌면 마주하고 싶었을지도 모를 순간. 할아버지에게 지금, 이 순간은 여러 의미가 있는 순간이었다. 금색 러닝셔츠를 입고 환하게 웃고 있는 아들의 사진 앞에 선 금색 러닝셔츠를 입은 아버지는 붉어진 눈시울을 애써 숨기려 고개를 45도 위로 올렸다가, 아들의 딸이 묻는 물음에 말없이 고개를 끄덕였다.

"아……."

그리워하고 싶어도 그리워할 수 없었던, 이름조차 알 수 없었던, 너무도 보고 싶었지만 어떻게 생겼는지조차 몰라서 상상할 수도 없었던, 엄마와 할아버지에게 수백 번 아니 수천 번 묻고 싶었지만, 끝끝내 다시 삼켰던 존재.

"아, 아, 아……."

아리는 오른손으로, 왼손으로 자신의 머리칼을 잡았다. 이내 뺨을 타고 양쪽 눈에서 흘러내리는 눈물을 오른손으로, 왼손으로 쉴 새 없이 닦았다. 닦고, 닦고, 닦다가 이내 닦는 행위가 의미 없다는 걸 깨달았다.

"아빠……, 아빠였구나……."

"아리, 조아리……."

아리는 축 늘어진 두 팔을 가누지 못한 채 두 눈에 눈물을 가득 머금고 할아버지를 올려다봤다.

"니 이름 엄마 배 속에 있을 때 느그 아빠가 지어줬다."

그 말을 들은 아리는 훌쩍거렸다. 툭, 하고 아리의 팔을 타고 도화지 통이 바닥으로 떨어졌다. 아주 짧은 순간이 흐르고, 아리는 다시 도화지 통을 집어서 들어 올렸다. 그리곤 도화지 통을 꽉 안고서는 5살 아이가 사탕을 빼앗겨 엉엉 울다 자신을 제어할 수 없는 상태가 된 것처럼 그렇게 꺽꺽거리며 울었다.

"아빠, 아빠, 아빠……."

할아버지는 그런 아리를 안아주고 싶었지만, 안아줄 수 없었다. 자신이 손녀를 안아줘도 되나, 그럴 자격은 되나 싶었다. 가능한 한 빨리 만나게 해줬어야 했는데, 자신의 아픔을 가리려고 이 아이의 그리움을 막아선 안 되는 거였는데, 컨테이너에 그려진 그 남자가 너희 아빠라고 해야 했었는데. 분명 너무도 많은 생각이 뒤죽박죽 섞여서 둥둥 떠다니는데 생각나는 단어는 한마디밖에 없었다.

"미안하다."

그는 너무 늦게 깨달았다. 때론 외면하는 것이 답이 되기도 하지만 이 경우는 그게 답이 아니었다는 것을. 도망치지 말았어야 했다는 걸, 시간이 필요했다는 걸, 슬퍼해야 할 시간이 필요했다는 걸, 그때 마주하고 바라보고 충분히 슬퍼했어야 했다는 것을.

그러고 보면 이상하리만큼 모든 게 순탄했다. 철무의 아들은 효자라는 기준에 너무도 적합했다. 자라면서 말썽 한 번 피운 적 없으며, 곱고 예쁜 며느리를 데려왔으며, 그 며느리는 아이를 가져 행복하게 했다. 할아버지는 웃고 있는 아들의 사진을 바라보며 조용히 낮은 목소리로 읊조렸다.

"차라리 평소에 못되게 굴지."

아리의 울음소리를 들으며 할아버지는 지나간 세월을 생각하며 눈을 질끈 감았다. 교통사고였다. 할아버지의 아들이, 아리의 아버지가 죽게 된 이유 말이다. 즉사, 두 글자로 설명이 되는, 간단하게 설명이 되는 죽음이었다. 반박할 수 없는 죽음, 노력할 수도 없는 죽음. 하지만 죽은 이의 사유가 간단명료하다고 남겨진 이들의 마음이 간단해지는 건 아니었다. 편해지는 건 아니었다.

아들의 방을 보며, 아들과 함께 걸었던 길을 걸으며, 아들과 함께 먹었던 식당에 가서 밥을 먹으며 아들을 잃은 한 여자는 점점 망가져 갔다.

"나 때문에……, 우리 대원이, 내 아들이 죽은 거야……. 내가 그

때 아프지만 않았어도, 내 약을 사러 가지만 않았어도…….”

아들을 잃은 한 남자도 그 슬픔을 감당하기 힘들었다. 아들의 방을 없애려고 해도 차마 그럴 수가 없었다. 걷던 길의 대부분이 아들과 함께였던 적이 있는 길이었고, 대부분의 식당이 아들과 함께 간 적 있던 곳이었다. 잊으려고 식당에 가지 않고, 집에서 밥을 먹는다고 해도 집에 있는 식기에도, 식탁에도 아들의 흔적이 남아있었다.

“내가 죽인 거야. 내가 그때 아프지만 않았어도, 내 감기약을 사서 오지만 않았어도…….”

철무는 매번 같은 말을 되풀이하며 우는 아내를 감당하기 힘들었다. 설상가상으로 주변에서 보내는 동정의 눈빛도 참기가 힘들었다.

“말도 안 되는 소리 하지 마라. 니 자꾸 이래 싸서 부산 뜰끼다. 대원이 흔적 없는 그런 곳으로 갈끼다. 이제부터 대원이가 니 때문에 죽었네, 대원이 보고 싶네, 그런 말 꺼내기만 해봐라.”

그렇게 연고지도 없는 제천으로 떠났다. 아는 사람이라곤 단 한 사람도 없는 작은 시골 마을로 이사를 했다. 그 당시 철무도 너무 힘들었다. 자신도 괴로운데 아내의 슬픔까지 마주할 자신이 없었다. 그래서 묻기로 했다. 그러면 나아질 줄 알았다.

제천에 가서 순자는 철무에게 가슴에 묻은 이야기를 꺼내지 않았다. 가끔 새벽에 홀로 거실에 나와 눈물을 훔치는 소리를 들었지만, 희미하게 아들의 이름을 부르며 흐느끼는 걸 보았지만, 곁에 가면 철무도 눈물이 날 것 같아 애써 외면했다. 강해져야 했다. 무시

할 수 있는 것은 무시하면서 담담해지다가 마침내 단단해지는 것. 그것이 최선의 답이라고 생각했다.

그러던 어느 날 순자가 유리문 밖에 보이는 흰색 컨테이너를 가리켰다.

"여보, 나 저기 컨테이너에 그림 공방 만들어도 되나요?"

집에 들어오기 전, 이곳에 살던 사람이 밭을 가꾸기 위해 농기구를 넣어둔 장소라고 들었고, 순자가 뭔가를 하려고 한다는 게 다행이라고 생각한 철무는 대답했다.

"그래라."

철무의 생각과 모든 게 맞아떨어졌다. 순자는 점점 괜찮아졌다. 정말 다행이었다.

"그림 그리는데 뭐 필요한 거 없나?"

"도화지, 연필, 붓, 물감 있으면 좋겠네요."

철무는 제천을 돌고 돌아 화방을 찾았다. 셀 수 없이 많은 도화지와 4B연필, 2B연필, HB연필, H연필, 수채화 물감, 아크릴 물감, 유화 물감을 모두 사서 순자가 있는 컨테이너에 가져다주었다.

"고마워요."

날이 가면 갈수록 순자는 컨테이너에서 나오지 않았고, 철무가 컨테이너 안에 들어오지 못하게 했다. 그림이라는 자신의 세계에서 나오지 않는 순자의 얼굴을 잠깐이라도 보려 철무는 컨테이너 문밖에서 물었다.

"필요한 거 또 없나?"

"아, 도화지 통이 있었으면 좋겠어요."

아내를 위하여 철무는 찌는 더위 속에서 땀을 뻘뻘 흘리며 화방을 향해 달려가 도화지 통을 샀고, 그녀에게 도화지 통을 전달해 줬다. 그렇게 어렵게 컨테이너 문에서 얼굴만 내민 아내를 보며 웃어 보였다. 마지막이 될 줄도 모르고 바보같이. 자신의 세계에서 손을 내민 그녀에게 마지막을 함께할 물건을 건넸다. 그녀의 손에 도화지 통을 쥐여 주는 게 아니라, 그 손을 잡았어야 했다. 괜찮아졌다는 것, 참 바보 같은 생각이었다.

괜찮아진 것이 아니라 괜찮아졌다고 생각한 것이었다는 것을 차가워진 순자를 마주하고 나서야 알게 되었다. 하지만 철무는 그 순간을 또 외면했다. 그렇게 십 년이 넘는 시간이 흘렀고, 그 세월 동안 철무는 할아버지라고 불릴 만큼 늙어버렸다.

한참을 울던 아리는 여전히 헉헉거리며 가쁜 숨을 몰아쉬긴 했지만, 아주 조금 진정된 듯했다.

"나 궁금한 거 물어봐도 돼요?"

할아버지는 웃고 있는 아들의 사진을 보며 고개를 끄덕였다.

아리는 아빠가 궁금했다. 그리고 보고 싶었다. 용기를 냈다. 아리는 아빠를 알고 싶었다.

"아빤, 뭐 좋아했어요?"

"바다, 재첩국 그리고 금색 러닝셔츠."

"그럼, 할아버지가 금색 러닝셔츠 입는 이유가……."

"내 살라고 하다가 완전히 잊어버릴까 봐. 그라기는 싫었다."

할아버지가 된 조철무는 차근차근 자신이 할 수 있는 한 최대한 친절하게 손녀 조아리에게 길고 긴 이야기를 들려주었다. 아리의 질문은 수목장에서 부산역에 갈 때까지 멈추지 않았다. 아빠에 대해, 할머니에 대해, 그리고 할아버지에 대해.

아리는 그동안 눌러왔던 자신의 질문에 하나씩 답이 달릴 때마다, 새까맣게 칠해졌던 마음의 색이 서서히 연해지는 걸 느꼈다. 검은색 수채화 물감이 잔뜩 묻은 붓이 투명한 물로 가득 찬 물통에 들어가서 천천히 물감을 뱉어내며 옅어지는 것처럼, 물속에서 적당한 속도로 흔들흔들하며 그렇게 본연의 색을 찾아가는 것처럼.

항상 아리의 붓은 물감을 묻혀서 도화지에 칠하면 탁한 색감이 나왔다. 어두운 어떤 색들이 붓에 묻어 씻기지 않은 듯했다. 그렇게 할아버지와 많은 대화를 나누며 부산역에 도착할 때쯤, 아리라는 붓은 비로소 새로운 색을 묻힐 수 있게 되었다. 묻힌 물감 본연의 색을 도화지에 칠할 수 있게 되었다.

“말해줘서 고마워요.”

“아이다. 더 빨리 물어보게 해야 했는데. 너무 늦었다.”

부산역에 도착해 표를 끊고 승차장에서 기다리자, 기차가 왔다. 할아버지가 먼저 기차에 올라탔고 아리는 할아버지가 기차 계단을 쉽게 올라갈 수 있도록 그의 등을 잡아주었다. 좌석에 앉았다. 아리는 그 옆 좌석에 앉았다. 잠깐의 정적이 흐르고 아리가 할아버지에게 작은 목소리로 물었다.

“할아버지는 내가 그림 그리는 게 그렇게 싫어요?”

“싫은 거 아이다.”

“그럼요?”

"아이다. 그냥 싫은 거다."

할아버지는 아리를 보곤 고개를 푹 숙였다.

"잠 온다. 좀 자야겠다."

아리는 그런 할아버지를 말없이 바라봤다. 몸이 좋지 않은지 끙끙대는 할아버지를 보니 마음이 아팠다. 그렇게 할아버지를 한참 바라보다 자신이 안고 있는 도화지 통을 바라봤다. 도화지 통이 할아버지를 아프게 했다는 사실에 마음이 아팠지만, 도화지 통을 보며 할아버지의 건강이 더 나빠진 것만 같아 슬펐지만, 포기할 수 없었다. 아리는 도화지 통을 놓을 수가 없었다. 도화지 통을 꽉 안고 아리는 이내 잠들었다.

할아버지는 배가 살살 아파서 잠에서 깼다. 곤히 잠들어 있는 아리를 바라봤다. 아리가 도화지 통을 꽉 안고 있었다. 혹시 아프진 않은지 걱정이 되어 조심스럽게 손녀의 이마에 손을 대봤다. 열이 없는 손녀를 확인하고 나서 다시 잠들었다.

5. H

어느덧 제천역에 도착했다. 둘은 기차에서 내리고 마을버스를 타러 버스정류장으로 향했다. 버스정류장에 몇 발짝이 남지 않았을 때, 버스가 왔다. 이번에 버스를 놓치면 한 시간을 기다려야 했다.

"할아버지, 천천히 와요. 버스 잡아볼게요!"

아리는 버스를 잡으려고 달려갔다. 아리가 달리자, 도화지 통도 흔들흔들 위아래로 움직였다.

"잠시만요!"

운이 좋게도 버스 기사는 아리와 할아버지를 기다려 줬다. 아리가 재빠르게 2인석에 앉았고, 할아버지에게 옆으로 오라고 옆자리에 손을 탁, 탁, 쳤다. 할아버지는 넘어지지 않게 천천히 아리의 옆자리에 앉았다. 할아버지가 앉자, 버스가 출발했다.

"그림 그리는 게 싫은 게 아니면 뭔데요?"

"싫은 거라니까."

"아니라면서요!"

"그……, 무서운 거다. 니도 그림에 갇혀서 할매처럼 그래 될까 봐."

아리가 또렷하고 맑은 눈동자를 할아버지의 두 눈에 맞추며, 확신에 찬 듯 말했다.

"전 안 그래요. 믿어주세요."

"다 왔다. 고마 내리자."

버스가 지곡마을에 도착하고 할아버지와 아리는 할아버지 집으로 향했다.

"내일부터 비 온다카더라."

"엥? 이렇게 화창한데요?"

"여름이니까. 변덕이 굉장히 심한 여름."

"완전 변덕쟁이네요."

아리가 우스꽝스러운 표정으로 변덕쟁이라는 말을 하자 할아버지는 해맑게 웃어 보였다. 할아버지가 현관문을 열면서 아리에게 금색 우산을 건넸다.

"우산 챙겨서 다녀라. 미술학원."

"네?"

"니 그림 잘 그리더라. 느그 할매보다 훨씬 더."

할아버지는 뒤돌아서 누런 치아를 보이며 어색하게 웃어 보였다. 아리는 말로 설명할 수 없는 감정에 벅차올랐다. 확실한 건 '좋다'와 '나쁘다'로 따지면 '매우 좋다'는 것이었다.

"다시요. 다시 말해줘요."

"고마 댔다. 니 집 안 가나?"

"자고 갈래요. 늦었잖아요!"

아리는 치아가 다 드러나는지도 모르고 배시시 웃으며 한 손에는 도화지 통을 다른 한 손에는 우산을 들고 집 안으로 따라 들어갔다.

다음 날, 아리는 서울로 돌아가기 위해 금색 우산을 들고 할아버지 집의 현관문을 열었다. 할아버지는 아리의 뒤를 따라 어정쩡하게 걸으며 배웅하러 나왔다. 아리는 뒤따라오는 할아버지가 편하게 나올 수 있도록 현관문을 잡았다. 아리가 가려고 하자, 할아버지가 마당에 있는 의자 두 개 중 오른쪽에 앉았다.

"아리야, 니 여기 앉아봐라."

아리는 망설임 없이 할아버지 옆인 왼쪽 의자에 자리를 잡았다. 할아버지는 마당에 덩그러니 자리 잡고 있는 나무를 가리켰다.

"그 말이다. 이번에 사과 농장 하는 앞집이 망할 때 사과나무 한 그루 달라고 해서 마당 앞에 사과나무를 심었는데……."

아리가 발로 찼던 그 사과나무였다. 아리는 사과나무를 찬 것이 괜히 미안해졌다.

"그래서 사과나무 한 그루만 덩그러니 있었구나. 아, 차지 말걸……."

"뭐라꼬?"

"아, 아니에요!"

"내가 심으니까 옆집도 심고, 뒷집도 심었그든. 내가 또 여기서는 유행의 선도자인기라."

"치, 할아버지 그렇게 세련되진 않았거든요!"

아리는 본인의 입으로 유행의 선도자라고 뻔뻔하게 말하는 할아버지를 보고 피식, 웃음이 났다. 할아버지는 진짜라며, 마을 사람들이 자신을 따라 했던 일들을 나열하며 억울해했다.

"근데 유독 우리 집 사과나무가 영 부실한 기라. 옆집에도 뒷집에도 꽃을 다 피우는데 내가 키우는 사과나무만 꽃을 못 피운 기라."

할아버지는 안쓰럽다는 듯 입을 오므리며 두 눈으로 사과나무를 담고 있었다.

"아마 열매도 못 맺겠제? 사과나무에 열매가 꼭 맺혔으면 좋겠는데……."

아리는 조심스럽게 고개를 돌려 그런 할아버지를 바라봤다. 아리의 두 눈에 담긴 할아버지의 그 모습이 너무도 씁쓸해 보였다. 아리는 푹 가라앉은 분위기를 살리고 싶었다.

"음, 영양제도 많이 주고, 물도 주고 그러면 건강해져서 열매를 맺지 않을까요? 너무 걱정 말아요."

"그러네, 내가 걱정이 너무 많았다. 늙으니까 쓸데없는 생각만 많아지고, 걱정만 늘어나네."

"할아버지, 심플 이즈 베스트!"

"허허허, 그랴. 심뿔 이즈 빼스뜨!"

아리는 할아버지의 손을 잡았고, 할아버지도 못 이기는 척 손을 빼지 않았다.

"니 이제 가야지. 날도 흐리다."

"조금만 더 있다 갈게요."

아리가 할아버지의 손을 꼭 잡자, 아리에게도 할아버지의 손아귀 힘이 전해졌다. 꿉꿉하게 습하고 더운 날씨에 손을 잡고 있자 땀이 찼다. 아리는 땀이 찬 그 기분이 썩 나쁘지 않았다. 할아버지도 그런 듯했다.

"이제 진짜 가봐라."

"아이, 알겠어요."

"데려다줄게."

"괜찮아요!"

"아이다!"

아리는 할아버지가 걱정되었고, 할아버지는 아리가 걱정되었다. 손녀는 할아버지가 자신을 데려다주다 비를 맞고 홀로 돌아갈까 봐 걱정되었고, 할아버지는 손녀가 비를 홀로 맞으며 버스정류장에서 버스를 기다릴까 봐 걱정되었다.

"흐유! 우리 할아버지 고집은 못 꺾어!"

결국 할아버지는 버스정류장까지 손녀와 함께 걸어갔다. 버스정류장에 도착한 지 얼마 지나지 않아 버스가 다가왔다.

"할아버지 가볼게요!"

"그래. 조심히 가라."

"할아버지도 조심히 들어가세요."

아리가 버스를 타려고 한 발짝 앞으로 나갔다. 할아버지는 지금이 아니면 안 될 것 같았다.

"아리야!"

아리는 할아버지 쪽으로 몸을 돌렸다.

"네?"

"그, 내가 응원 그거 한번 해볼게."

"네!"

아리는 힘차게 고개를 끄덕이곤 할아버지가 준 금색 우산을 꽉 쥐고, 도착한 버스를 탔다. 버스 중간에 앉아서 버스 창문으로 할아버지에게 손을 흔들었다. 할아버지도 아리에게 손을 흔들었다.

마침내, 비로소, 많은 시간을 거쳐 아리와 할아버지는 각각 손에 쥐고 있던 지우개를 각자의 도화지에 가져다 댔다. 어쩌면 아주 오래전부터 잡고 있었던 지우개였을지도, 너무도 사용하고 싶었던 지우개일지도 몰랐다.

4B로 너무도 진해서 지워지지 않을 것 같이 자리 잡은 검은색 명암을 덜어내고, 2B로 얽혀있던 진회색 오해를 덜어내는 과정을 지나고, HB로 채워진 회색 톤을 옅게 만드는 것을 거쳐, H로 연하지만 깊게 눌러진 스케치를 도화지가 상하지 않을 정도로 살살 지워나갔다.

그렇게 지워진 도화지는 새 도화지처럼 하얗진 않았다. 진하게 칠했던 연필심이 남아 연회색을 띠었지만, 지우다 쓸려 조금은 벗겨지기도 했지만, 그래도 다시 무언가를 그릴 수 있는 소중한 공간이 마련되었다.

하늘이 손녀의 마음을 알았는지 할아버지가 현관문을 열 때까지 비가 내리지 않았다. 할아버지가 집으로 들어가 거실에 자리를 잡자 후드득, 후드득 비가 쏟아졌다. 할아버지는 유리문으로 내리는 비와 사과나무 그리고 컨테이너를 한참 동안 서서 바라봤다.

아리가 마을버스를 타고, 시외버스를 타고, 지하철을 타는 동안 여름은 많은 변덕을 보여줬다. 여름은 유독 변덕스럽다. 숨쉬기 힘들 정도로 정열적이고, 뜨거운 햇빛을 뿜어내기도 했으며, 온몸이 축 늘어지도록 냉담하게 흐리다가 차가운 비를 쏟아내기도 했다.

그리고 할아버지의 건강도 변덕스러웠다. '좋음'과 '나쁨'을 반복하던 할아버지의 몸은 얼마 지나지 않아 '매우 나쁨'으로 바뀌어버렸다. 결국 그는 사과나무에서 사과가 맺힐지, 맺히지 않을지 알 수 없게 되었다.

이별이란 단어와 마주한 아리는 마음 한구석이 미어지고, 쓰라렸다. 이별이라는 건 바다 같았다. 잔잔하다가도 어느새 요동치는 바다. 이별은 밀물과 같아서 잠시 방심한 틈에 갑자기 밀려오기도 했고, 이별은 썰물과도 닮아서 겨우 다잡은 마음을 급하게 쓸어가기도 했다. 그렇게 아리는 하루에도 몇 번씩 뒤로 밀려가고 앞으로 쓸려가고를 무수히 반복했다.

그러던 어느 날, 아리는 미술학원을 마치고 집으로 향하는 학원 봉고차 가장 뒷자리에 자리를 잡고 무심코 휴대전화로 인스타그램의 스크롤을 내리다, 〈괜찮은 이별〉이라는 제목의 글과 그림이 함께 있는 한 인스타툰을 마주했다.

첫 번째 글과 함께 있는 그림에는 긴 머리의 소녀가 무표정하게 서 있었다.

- 좋은 이별에 대해 많은 시간을 고민해 봤지만 제가 내린 답은 좋은 이별은 없다는 것이었습니다.

다음 장으로 넘기니 소녀보다 훨씬 큰 곰 캐릭터도 소녀처럼 표정 없이 서 있었다.

- 그 어떤 이별이든 아프니까요. 쓰리지 않은 이별은 없으니까요.

그다음 장으로 넘기니 소녀와 곰이 가까이 서서 소녀는 곰을, 곰은 소녀를 바라보며 눈물을 흘리고 있었다.

- 그래도 그 이별을 떠올릴 때, 그 이별의 대상이 생각날 때, 좋았던 기억이 난다면 그나마 괜찮은 이별 아닐까요?

마지막 장으로 넘기니 소녀는 왼쪽을 향해 걸어가고, 곰은 오른쪽을 향해 걸어가고 있었다. 서로 다른 길을 걸어가는 모습을 위에서 바라보는 장면이 나왔다. 소녀의 발자국은 중앙에서 왼쪽으로, 곰의 발자국은 중앙에서 오른쪽으로 찍혀있었다.

- 삶은 이별의 연속이라는 진부한 말을 전하며 너무 오래 슬퍼하지 말아요, 우리 :)

〈괜찮은 이별〉

아리는 아빠를 떠올렸다. 환하게 웃으며 꿈을 응원한다는 아빠를. 그리고 할아버지를 떠올렸다. 서툴고 어색하지만 응원한다는 말을 건넨 할아버지를. 아리의 입꼬리가 서서히 올라갔다.

"응원해 줘서 고마워요."

서로 다른 길을 걸어가는 소녀와 곰의 그림을 보는데 슬프긴 했지만 미친 듯이 아프진 않았다. 아리는 그들을 생각하면 가슴이 미어지긴 했지만 미소가 지어졌다.

인스타툰을 다 읽은 아리는 마침 집 앞에 도착한 학원 봉고차에서 내렸다. 현관 비밀번호를 누르고 집 안으로 들어왔다. 아무도 없는 어둡고 컴컴한 집이 아리를 감쌌다. 아리는 옷도 갈아입지 않은 채 소파에 앉아 천장을 쳐다봤다.

엄마는 화를 잘 내지 않는다. 아리의 부주의로 엄마가 아끼는 접시를 깨트려도, 투정을 부려도, 거짓말을 하다가 걸려도 화내지 않았다. 그런 아리의 기억 속에 엄마가 화낸 것은 아리가 초등학교 1학년, 그 질문을 꺼냈을 때 딱 한 번이었다.

"아빠는 어디 있어요?"

"넌 아빠 없어. 아빠 없으니까 아빠 얘기 입 밖으로 꺼내지도 마."

"난 왜 아빠가 없어요?"

"하, 조아리! 아빠 이야기하지 말랬지!"

그 말을 하던 엄마의 목소리는 극도로 격앙되어 있었고, 너무도 불안정하게 떨렸다. 처음 보는 엄마의 모습에 놀란 아리를 두고 엄마는 방으로 들어가 버렸다. 그렇게 몇 시간 동안 엄마는 방 안에서 나오지 않았다. 그때 문 너머로 들리는 억지로 참아내려고 하지만 새어 나오는 엄마의 울음소리가 너무도 구슬퍼서 어린 아리는 아빠에 관해 물으면 안 된다는 걸 느꼈다. 그날 이후로 아리는 깨달았다. 자신의 집에서 아빠라는 단어는 금기된 단어라는 걸. 그래서 아리는 아빠에 대해 누구에게도 묻지 않았다. 그렇게 아빠를 마음속 깊숙한 곳에 묻었다.

"괜찮은 이별……, 괜찮은 이별……."

아리는 소파에 앉아서 같은 말을 되풀이했다. 엄마에게도 아빠를 괜찮은 이별의 대상으로 남겨주고 싶었다. 한참을 고민하던 아리는 소파에서 일어났다. 현관문을 열고 나와 엘리베이터를 탔다. 밖으로 나온 아리는 어두운 거리를 덤덤히 걸었다. 간간이 켜진 가로등 아래를 걸으면서 어두운 세상에 그래도 빛이 있을 것이라고 믿으며, 아리는 엄마가 일하는 샐러드 가게로 한 걸음 한 걸음 나아갔다.

"후우."

샐러드 가게 앞에서 크게 한숨을 쉰 다음, 아리는 힘차게 가게 문을 열었다.

"어? 딸. 왜 왔어?"

"그냥, 엄마 보고 싶어서요."

"참, 새삼스럽게."

엄마는 일주일 내내 한 번도 쉬지 않고, 오전 9시부터 오후 10시까지 영업했다. 영업시간 전인 오전 7시에 나가서 샐러드에 들어갈 재료들을 손질했고, 영업시간 후에는 마감 청소를 하므로 보통 오후 11시가 넘어야 집에 들어왔다. 아리는 샐러드 가게에 있는 의자에 앉았다.

"엄만 왜 이렇게 바쁘게 살아요?"

"우리 딸 맛있는 것 잔뜩 먹이려고 그러지."

"치……, 진짜 그게 다예요?"

"음……, 바쁘게 살아야 잡생각이 안 드니까."

엄마는 접시들을 거품이 가득한 수세미로 문질렀다. 에어컨을 켜도 더운지 엄마의 이마에 땀이 맺혀있었다.

"근데 엄만 왜 사투리 안 써요? 할아버지가 엄마 고향이 부산이라던데."

"어, 음. 엄만 과거에 살고 싶지 않아서. 서울 살다 보니 사투리 기억도 잘 안 나고."

"그래서 과거가 기억이 안 나요?"

"얘가 갑자기 왜 이래? 엄마 마감하느라 바쁜데."

아리는 의자에서 일어나서 엄마에게 더 가까이 다가갔고, 용기를 냈다.

"그래서 조대원 씨 잊혔어요?"

"……."

엄마는 아무런 대답도 하지 않고 아리를 피해 대걸레를 들고 화장실로 향했다. 아리는 그런 엄마를 따라갔다.

"나 아빠 보고 싶은데."

"……."

여전히 엄마의 대답은 돌아오지 않았다. 끼익, 엄마가 수도꼭지를 돌리는 소리만 들릴 뿐이었다.

"엄만 아빠 안 보고 싶어요?"

"너……, 그 이름 어떻게 알았어?"

"할아버지가 알려줬어요."

엄마는 대걸레를 수도꼭지에서 나오는 물줄기에 가져다 댔고, 막대기를 잡고 대걸레를 흔들며 여기저기 대걸레를 물에 적셨다. 아리는 엄마의 손에 의해 왔다 갔다 움직이는 대걸레 막대기를 잡아 세웠다.

"우리 아빠 보러 가요."

"……."

"아빠 보러 가요."

"아빠 어디에 있는지 몰라."

막대기를 꽉 잡은 엄마의 양손이 점점 힘없이 막대기 아래 방향으로 내려갔다.

"내가 알아요. 할아버지랑 아빠 보고 왔어요. 우리 아빠 보러 가요."

아리는 힘없이 아래로 내려가는 엄마의 양손을 잡았다.

"이왕 갈 거면 이번 주 토요일에 가자."

"왜요?"

"그날이 아빠 생일이거든."

엄마의 눈에서 눈물이 뚝, 떨어졌다.

"아리야, 있잖아, 아빠 보고 싶어……."

아리의 눈에서도 눈물이 뚝, 떨어졌다.

"나도 아빠 보고 싶어요……."

아리는 엄마를 꽉 안았다. 엄마도 아리를 꽉 안았다. 둘은 그렇게 한참 동안 아무도 없는 화장실에서 펑펑 울었다.

집으로 돌아온 아리는 토요일 날짜를 확인하려고 휴대전화 달력을 켰다. 달력을 본 아리는 날짜를 읊었다.

8월 26일.

8월 26일 토요일, 할아버지와 함께 아빠를 만나러 갔던 길을 기억하며, 아리는 엄마와 함께 아빠를 만나러 갔다.

6. 스케치

엄마는 수목원에서 웃고 있는 아빠의 사진을 보고 한참을 움직이지 않았다. 그 어떤 미세한 움직임도 허락되지 않은 것처럼 꼿꼿하게 서 있었다. 아리는 그런 엄마의 손을 슬며시 잡았다.

"있잖아요. 이 세상에 좋은 이별은 없대요."

"……."

"근데 괜찮은 이별은 있는 것 같아요. 이별했던 대상을 생각했을 때, 좋았던 기억이 떠오르면 괜찮은 이별이래요."

"그……, 그럼, 아빠랑 나는 괜찮은 이별을 한 것 같네."

아리는 엄마를 보고 웃어 보였다. 엄마는 양쪽 눈에 동그랗고 투명한 액체를 가득 품고 옅은 미소를 지어 보였다. 어느새 아리의 두 눈에도 따뜻하고 투명한 물이 가득 차 뺨을 타고 흘러내렸다. 아리와 엄마는 아빠의 사진 앞에서 서로를 끌어안았다.

"엄마, 배고파요. 재첩국 먹으러 가요."

"너희 아빠가 재첩국 좋아했는데."

"알아요."

아리와 엄마는 나란히 걸으며 재첩국 가게로 향했다. 나무로 된 계단을 내려가자, 직원이 데스크에 서 있었다. 직원이 묻기 전에 아리가 먼저 대답했다.

"재첩국 두 개요!"

"네, 안내해 드릴게요. 이쪽으로 오세요."

둘은 직원의 안내에 따라 자리로 이동했고 얼마 지나지 않아 재첩국이 나왔다. 아리는 후루룩, 할아버지와 먹었던 것을 생각하며 재첩국을 먹었다. 엄마도 호로록, 맛을 음미하고 추억을 떠올리며 재첩국을 먹었다. 아리가 먼저 재첩국을 다 먹고 배를 양손으로 톡, 톡 쳤다.

"엄마 혹시 사과나무 잘 키우는 법 알아요?"

"아니? 왜?"

"할아버지네 마당에 심은 사과나무가 있는데 꽃을 못 피웠대요. 할아버지가 꼭 열매를 맺었으면 좋겠다고 해서."

"너희 아빠가 사과 참 좋아했는데……."

"식겠어요. 얼른 드세요."

"어머, 그러네."

엄마가 재첩국을 다 먹을 때까지 아리는 이리저리 둘러보며 가게를 두 눈으로 담았다.

아빠를 만나고 온 엄마는 전보다 여유로워졌다. 아빠에게 다녀온 날부터 일주일 내내 쉬지 않고 일하던 샐러드 가게를 주 6일로 바꾸기로 결심했다. 엄마는 아리에게 화이트보드를 건네주며 말했다.

"딸, 여기에 월요일 휴무라고 써줄래?"

"엄마가 쓰면 되잖아요."

"네가 아빠 닮아서 글씨를 잘 쓰더라고."

"칫! 시켜 먹으려고!"

"아냐, 진짜야. 우리 딸 그림 잘 그리니까 샐러드도 그려주면 좋고."

아리는 화이트보드에 월요일 휴무라는 글씨를 쓰고 샐러드 그림을 그리면서 빈 곳들을 조금씩 꾸며 나갔다.

"다했다! 어때요?"

"와, 예쁘다."

"엄마, 근데 월요일에는 뭐 하려고요?"

"그러게. 지금부터 생각해 봐야지."

엄마는 어깨를 들썩이고 화장실 청소를 하기 위해 화장실로 향했다. 엄마가 화장실 청소를 하고 있는데 엄마의 휴대전화가 울렸다.

"아리야, 누구 전화야?"

"박 사장님이요."

"아, 아까 전화했는데 안 받으셨는데 지금 전화 왔네. 엄마 청소 중이라 물 다 묻어서 나갈 수가 없네. 이제 월요일 휴무라서 월요일에 단체 주문 힘들다고 말 좀 해줄래?"

"알겠어요."

박 사장님과 통화를 마친 아리는 통화가 끝났다는 화면이 사라지고 켜져 있는 엄마의 휴대전화 액정 화면을 보게 되었다. 인터넷에 엄마가 검색한 인터넷 검색 기록들이 보였다.

- 사과나무
- 사과나무 키우는 법
- 사과나무 잘 자라게 하는 방법
- 사과나무 열매
- 사과나무 관리법

아리는 웃으며 살며시 엄마의 휴대전화를 식탁 위에 올려놓았다. 그리고 방으로 들어가 도화지 통을 잡고 어깨 멨다.

"엄마, 다녀올게요!"

"어디 가?"

"오늘 실기대회 날이잖아요."

"어머, 내 정신 좀 봐. 잘하고 와! 아, 참! 오늘 비 온다는데. 우산 챙겨가!"

"알겠어요!"

아리는 할아버지가 준 금색 우산을 들고 미술학원으로 향했다. 금방이라도 비가 올 듯 구름이 가득 낀 습하고 흐린 날씨였다. 미술학원에서 그림을 그릴 수 있는 도구가 들어있는 화구통을 들고 학원에서 대여한 버스에 올라탔다. 버스 안은 시끌벅적했다. 아리는 창밖을 바라봤다. 창밖에 보이는 변덕스러운 날씨는 비가 오다 오지 않다가를 반복했다. 또 어떤 곳은 맑았고 어떤 곳은 흐렸다. 그 광경을 바라보다 보니 어느새 실기대회 장소에 도착했다. 버스가 멈추자, 버스 위로 떨어지는 빗소리가 유독 크게 들렸다. 미술학원 선생님은 버스 안에서 손뼉을 치며 학생들의 시선을 집중시켰다.

"얘들아! 비 오니까 조심히 가야 한다. 잘할 수 있지? 그동안 했던 것처럼 하면 된다. 긴장하지 말고!"

어떤 학생은 긴장된 목소리를 냈고, 어떤 학생은 신나는 목소리를 냈다.

"네."

"알겠습니다!"

"아, 샘. 당연하죠."

아리는 주먹을 불끈 쥔 채 화구통을 들고 버스에서 내렸다. 약간의 비를 맞으며 할아버지가 준 금색 우산을 펼쳤다. 아리는 위에서 비를 대신 맞아주는 금색 우산을 잠깐 바라보곤, 실기대회 장소로 향했다. 대학교의 강당은 넓었다. 셀 수 없이 많은 학생이 강당을 가득 채웠다. 실기대회 시간이 되고, 주제가 적힌 A4 종이가 아리의 손에 들려졌다.

〈사고의 전환 실기대회 주제〉

- 제시물 : 사과
- 문제 : 제시된 사물을 가지고 왼쪽에는 정밀 묘사(연필 소묘), 오

른쪽에는 아름다운 순간을 표현하시오.

아리는 도화지의 왼쪽 면에 H연필을 들어 사과의 밑그림을 그리기 시작했다. 밑그림이 다 그려지자, HB연필을 들고 사과의 색을 채웠다. 그리고 2B연필을 들어 사과의 진한 부분을 잡았다. 4B연필을 들고 가장 진한 부분을 힘주어 메워나갔다. 사과를 좋아했던 아빠를 생각하며, 할아버지의 사과나무에 꼭 사과 열매가 맺히기를 바라며. 아리는 사과 그림을 따라 소묘를 완성시켰다.

이마에 송골송골 맺힌 땀을 쓱 닦아내고, 아리는 도화지의 오른쪽 면을 자신의 앞으로 가져왔다. 그리고 고민 없이 H연필을 집어 들었다. 아름다운 한여름의 바다, 러닝셔츠를 입은 남자 둘, 그들을 이젤 위에 있는 캔버스에 그리고 있는 한 여자, 그리고 그 뒤에 열매가 가득한 사과나무 한 그루를 쓱쓱 그려나갔다.

언덕 너머 버드나무집

배명은

0

스쿠터 한 대가 농로를 따라 달렸다. 시내 고등학교의 교복을 입은 남학생 둘이 초여름의 시골길을 지나쳤다. 붉은 노을을 등에 업은 스쿠터가 모내기를 끝낸 논을 지나자, 개구리가 일제히 울어댔다.

마을과 산을 접한 언덕을 넘자 과수원과 세 개의 미루나무 그리고 복숭아밭 너머로 기차가 지나가는 모습이 펼쳐졌다. 검은 연기를 내뿜으며 스쿠터는 냇가를 가로지른 돌다리를 건넜다.

복숭아 농장으로 들어가는 길에서 스쿠터가 잠시 멈췄다.

"여기야?"

영조가 주위를 보더니 뒤를 돌아보며 물었다.

"더 가면 왼쪽에 담이 나올 거야. 거기가 버드나무집이야. 곧 철문이 나오는데 거기로 들어가."

뒤에 앉은 기석이 대꾸했다.

쉬는 시간에 영조는 학교 친구들이 구룡리 버드나무집에 관해 얘기하는 걸 듣게 되었다.

– 그 너머에서 밭일하던 A의 아버지가 해 질 녘이 되어서 버드나무집을 지나게 된 거야. 폐가나 다름없는 집이라 평소에 크게 신경을 안 쓰고 오갔는데 그날은 좀 다르더래. 사위는 컴컴해지는데 그 집만 유일하게 노을빛으로 물들어 있어서 유심히 그 집을 바라보게 되었대. 그때 이 층 창문에 희끄무레한 형체가 천천히 커지더니 A의 아버지를 노려보더래.

영조는 어릴 때부터 공포영화를 좋아했고 흉가나 폐가에 관심이 많았다. 종종 혼자서, 아니면 이렇게 친구와 폐가를 찾아다닐 정도였다. 게다가 버드나무집에 귀신이 나온다는 얘기에 더욱 흥분됐다. 그래서 수업이 끝나자마자 옆 동네에 사는 기석을 데리고 이곳까지 왔다.

아이들이 말한 오래된 집을 올려다봤을 때 희열을 느꼈다. 이야기의 장소와 그에 맞는 시간대. 붉은 노을빛에 타오르는, 그 옛날 휘황찬란했을 이 층 외관은 세월에 페인트칠이 벗겨지고 군데군데 허물어진 곳도 많았다. 창은 깨지거나 켜켜이 쌓인 먼지로 희뿌옇게 되어 안을 볼 수 없었고, 그 틈바구니로 담쟁이넝쿨과 잡초들이 자라고 있었다.

스쿠터에서 먼저 내린 기석이 무릎까지 자란 수풀을 헤치고 앞서 걷더니 스산한 바람에 몸서리를 쳤다.

"여긴 여전히 기분 나쁘네."

기석은 형들이랑 이곳을 몇 번 왔었다고 했다. 귀신은 본 적이 없지만, 특유의 기분 나쁜 분위기가 있었다고 말했다.

"멀쩡했을 때는 못 봤어?"

"아주 어릴 때 지나가다가? 그땐 저 철문이 잠겨있어서 멀리서나 봤었고."

영조는 기석을 따라 성큼성큼 수풀을 건넜다. 전날 내린 비로 바닥은 군데군데 물이 고였거나 진창이었다. 썩어들어가는 나무 계단을 오르자, 발밑에서 삐걱거리는 소리가 났다. 부서진 돌바닥과 그 사이마다 자란 수풀 위로 올라서니 폐가의 위용이 더 크게 느껴졌다.

집 뒤의 산자락이 땅을 넓혀 축대를 삼켰고 좌측에는 이 집을 일컫게 만든 커다란 버드나무가 자라고 있었다. 그 밑엔 연못이 있었는데 낙엽이 잔뜩 잠긴 검은 물이 고였다.

끼익.

기석이 겁도 없이 현관문을 열었다. 열릴 거란 기대는 하지 않았다. 그냥 거실 쪽 통창이 깨져 그곳으로 들어가려 했는데. 영조는 기석의 뒤를 따라 현관으로 들어갔다.

걸을 때마다 먼지가 피어올랐다. 기침이 터져 나왔다. 집 안은 여느 폐가처럼 횅했다. 있던 가구는 이미 부서졌고 그 외엔 아무것도 없었다. 이 층으로 올라가는 계단은 언제 부서질지 모르는 나무 계단이었다.

교복 바지 주머니에 손을 넣고 있던 기석이 계단으로 눈짓했다.

"올라가."

"너는?"

"괜히 힘 빼기 싫어. 여기까지 와준 것만 해도 감사해라. 무서우면 그냥 나가고."

영조는 계단 위를 바라봤다. 붉은 노을이 채 닿지 않는 어둠의 공간이 보였다. 침을 한 번 꼴깍 삼켰다.

"다녀올 테니 기다려."

계단을 올라갔다. 삐걱삐걱. 천천히 발을 떼는 소리에 맞춰 소리가 났다. 계단을 끝까지 올라가 다시 사선으로 이어지는 계단까지 올라가자, 이 층의 광경이 눈에 들어왔다.

작은 거실과 열린 문 사이로 보이는 텅 빈 방들. 고여있는 공기 중에 먼지가 가득했다. 재채기가 나오려 해서 코를 움찔거리다가 뒤를 보니 A의 아버지가 귀신을 보았다는 통창이 보였다. 어느새 이곳만 비추던 노을도 사라져가고 어둠이 잠식하고 있었다. 창 너머로 보이는 이 집의 외관과 이를 뒤덮는 수풀들을 보고 있으니, 기석이 말한 기분 나쁜 느낌이 뭔지 알 것 같았다.

그것을 인식하자마자 그 느낌이, 척추뼈를 송곳으로 긁어 대는 느낌이 슬금슬금 등을 타 넘고 말초신경을 자극했다. 어서 이 집에서 나가고 싶었다.

영조는 올라왔던 것보다 배는 빠르게 계단을 내려갔다. 몇 분 사이 거실은 사물을 겨우 분간할 만큼 어두워졌다.

"야, 가자."

기석의 대답이 없었다. 현관으로 향하던 영조는 집 안에 그 어떤 기척이 없음을 알아챘다.

"야! 김기석. 어디에 있어?"

영조는 밖으로 나갔다. 밤이슬에 젖은 풀냄새가 진동하고, 어스름한 어둠이 다가오는 그곳에 기석은 없었다. 당황해서 주위를 둘러봤다.

"김기석, 존말 할 때 장난치지 말고 나와라."

쨍강. 그때 집 안에서 소리가 들렸다. 걸리기만 하면 반은 죽여 놓겠다고 생각하며 영조는 집으로 들어갔다. 1층을 살피던 영조는 반쯤 닫힌 안방 문 너머에 기석이 서 있는 걸 발견했다. 짜증이 치밀어 일부러 발을 굴리며 갔다. 기석은 창가에서 밖을 보고 있었다. 깨진 창 너머로 버드나무 줄기가 흐느적거렸다. 힘주어 문을 열자, 문이 벽에 부딪혀 쾅 소리가 났다. 너무도 큰 소리에 창밖의 여자가 영조를 봤다. 지금까지 기석을 보고 있었는지 고개까지 틀어서. 흰자위 하나 없는 검은 눈이 영조를 빤히 쳐다봤다.

"으아악!"

영조는 비명을 내지르며 그 자리에서 튀어 올랐다. 그리고 그때까지 가만히 있는 기석의 손을 잡고 달렸다. 현관을 빠져나와 정원으로 이어지는 계단에 미끄러져 넘어졌다.

"아야……."

그제야 정신이 나갔던 기석이 신음을 흘리며 바닥에 쓸린 무릎을 붙들었다.

"뭐야. 왜 그래?"

"아악. 빨리 튀어!"

영조는 어둠에 잠긴 흉물스러운 버드나무집을 돌아보고는 이내 달아나기 시작했다. 기석도 덩달아 소리를 내지르며 그 뒤를 따라 뛰었다.

1

1994.

"검은 차라고 들어봤어? 그 차는 밤 열두 시가 되면 검은 안개와 같이 나타나 달린대. 그 차를 본 사람이 그러는데 소리 없이 달리는 차의 운전석엔 사람이 없대. 그리고 그 차가 나타나면 도망가랬어. 그 차가 지나치기만 해도 사람들이 죽는대."

풀벌레 소리가 잠깐의 침묵에 크게 들렸다. 눅진한 바람이 스치는 나뭇잎 소리에도 아이들은 깜짝 놀라 주위를 돌아봤다. 구룡리 마을회관 옆 짙은 주황색 가로등 불빛에 둘러앉은 아이들이 흙바닥에 그림을 그리며 말하는 현익을 빤히 쳐다봤다.

"그건 지옥에서 올라온 악마의 차라 그 차에 스치기만 해도 악마의 저주로 죽는 거야! 그렇게 죽은 사람들이 수천만 명이래!"

"야, 뻥치지 마. 수천만 명이라면 경찰 아저씨들이 가만히 있겠냐? 그 정도면 대통령 할아버지도 나서시겠다."

준기가 입술을 삐죽이며 대꾸하자 현익이 발끈했다.

"전 세계에서 말이야! 우리나라에서만 나타나는 건 아니야."

"우리 형이 그러는데 그 차가 그랜저랬어."

옆에서 같이 듣던 차종이가 껴들었다. 검은 차는 요즘 한창 학교에 떠도는 괴담이었다. 중학교에서 시작된 이야기는 국민학교로 이동했다. 5학년인 현익이는 속셈학원에서 6학년 형들이 얘기하는 걸 들었다고 했다.

아이들의 입을 찢는다는 빨간 마스크가 가고 검은 차가 새로이 왔다. 빨간 마스크가 붐이었을 때 준기는 태권도 학원에 다니기 시작했다. 아이들을 괴롭히는 그 나쁜 아줌마가, 나 예쁘니? 라고 묻기 전에 돌려차기로 무찌르고 싶었다. 그러나 태권도 학원에서 제일 아프고 어렵다는 다리 찢기에 성공하고, 송판도 하나 정도 격파했을 때 아줌마는 사라졌다. 어쩌면 경찰 아저씨들이 잡아갔을지도 몰랐다. 무술도 잘하고 달리기도 잘하는 정의의 사도들이니까. 그런데 검은 차는 어떻게 잡는다지?

한걱정하는데 아까부터 옆에 있는 지훈이가 너무도 조용했다. 고개를 돌려보니 지훈이는 마을회관을 힐끗거리다가 뭔가를 봤는지 흠칫 놀라 무릎 사이에 턱을 괴고 땅을 쳐다봤다. 준기는 지훈이 바라보던 곳을 쳐다봤다. 가로등 불빛이 닿는 회벽엔 바람에 일렁이는 느티나무의 그림자뿐이었다.

능선을 넘은 바람이 마을 앞에 정렬된 논을 지났다. 물 위를 스쳐서인지 조금은 축축하고 차가운 느낌에 목뒤가 선뜩할 때 지훈이가 자리에서 벌떡 일어섰다. 아이들의 시선이 몰렸다.

"뭐야, 너 겁먹은 거야?"

현익이가 한쪽 입꼬리를 올리며 물었다. 자기가 한 얘기에 벌벌 떠는 꼴이 마음에 든 눈치였다. 지훈이의 잔뜩 굳은 표정과 꼭 쥔 주먹을 올려다보던 준기가 그 손을 잡고 뛰었다. 남은 두 명의 아이가 멍하니 보자, 준기가 그들의 뒤를 가리켰다.

"검은 차다!"

아이들이 화들짝 놀라며 뒤를 돌아봤다. 때마침 어둠을 뚫고 마을 입구로 검은 그랜저가 들어서고 있었다.

"우아악!"

아이들이 몸서리를 치며 뛰었다. 소리 소문도 없이 달려오는 차를 마주하고 싶지 않았다. 아이들은 별과 달이 반짝이는 밤하늘을 보며 달렸다. 준기는 자신을 바라보는 지훈을 보며 키득거렸다. 그 웃음에 지훈도 뒤늦게 미소를 지었다.

"다녀왔습니다."

지훈이는 뛰다시피 대문을 열고 들어왔다. 운동화가 땅을 박차는 작은 소리에 안방의 미닫이문이 열렸다. TV를 보고 있던 아빠가 고개를 내밀었다. 지훈이는 한달음에 운동화를 벗어 던지며 마루 위를 올랐다. 기둥에 걸어놓은 백열등이 흔들리자, 불빛도 같이 흔들렸다. 빛이 채 닿지 못하는 어둠에 눈을 질끈 감고 안방으로 뛰어

들었다.

“어이쿠.”

아빠의 품에 안긴 지훈이의 몸이 거친 숨에 커졌다가 작아졌다. 아빠는 어두운 밖을 쓱 보고는 문을 닫았다. 토닥토닥. 크고 투박한 손이 천천히 지훈의 등을 두드렸다.

“지금까지 친구들이랑 있었니?”

머리 위에서 들리는 나긋한 목소리에 지훈은 고개를 끄덕였다. 아빠의 팔 너머 TV에서 익숙한 아저씨가 엄숙한 표정으로 ‘오늘의 뉴스를 알려드리겠습니다’라고 말했다. 준기 엄마가 보는 저녁 드라마가 끝나고 하는 9시 뉴스였다.

늘 노는 시간은 순식간이었다. 준기가 저녁 먹고 바로 마을회관으로 나오라고 해서 저녁을 먹자마자 급히 나갔다. 아직 해가 청수산 능선에 걸쳐있을 때였다. 준기를 필두로 마을 아이들이 나와 얼음 땡, 숨바꼭질, 깡통 차기를 몇 번 했더니 주위는 금세 컴컴해졌다. 몇몇 아이들은 엄마와 할머니가 찾아서 집으로 되돌아갔고 남은 아이들이 그 자리에 주저앉아 무서운 이야기를 하기 시작했다.

“아빠가 늦게까지 놀지 말라고 했잖아. 밤은 위험해.”

“하지만 준기도 있었는걸.”

준기는 천하무적이었다. 활달한 성격의 준기는 언제 어디서든 악당들을 물리치는 정의의 용사가 되는 게 꿈이었다. 망토를 두른 슈퍼맨 같은 초능력은 없지만, 나름대로 이장 아저씨와 특별훈련을 하는 것 같았다. 중국 무협 영화를 보고 고수의 비법을 터득하겠다면서 아줌마를 졸라 태권도 학원에도 갔다.

망토 대신 노란색과 하얀색이 섞여 있는 태권도 띠를 졸라매고 악의 무리가 나타나길 두 눈을 부릅뜨고 기다렸다. 기다림은 길지 않았다. 다른 반인 지훈이에게 갔을 때 반 아이들 몇몇이 지훈을 괴롭히는 모습을 봤다. 준기는 그 아이들을 똑같이 괴롭혔다. 눈에는 눈, 이에는 이, 괴롭힘엔 괴롭힘!

그러나 그 아이들이 울며불며 자신들의 형제들에게 고자질해서 두 배로 큰 덩치의 형들에게 혼나거나 두들겨 맞았다. 흠씬 맞아 코피까지 나서 아플 텐데도 준기는 울지 않았다. 대신 우는 지훈에게 말했다.

"또 저 녀석들이나 다른 녀석들이 괴롭히면 쟤들이 그랬던 것처럼 나한테 말해. 우린 형제잖아! 내가 다 물리쳐 줄게."

형제?

피가 이어지지 않았을 뿐, 지훈이는 아기 때부터 준기와 같이 컸다. 돌아가신 엄마를 대신해서 준기 엄마가 키워주셨다. 아빠는 돈을 벌어야 했으니까. 구룡리의 이장인 준기 아빠가 동네 아이는 마을 사람들이 다 같이 키우는 거라며 아빠를 설득했다고 했다.

그러나 모두가 그렇게 생각하지는 않았다. 아무리 마을 모두가 준기네 친척이라 해도 아빠와 지훈이는 도시에서 이사 온 외지인이었다. 선산을 관리하는 묘지기와 그 아들이라고 선을 그어놓은 사람들. 지금도 지훈을 못마땅하게 생각하는 어른들이었다.

보이지 않는 선 너머의 날카로운 눈들 앞에서 지훈은 준기가 스스럼없이 말한 형제라는 단어에 마냥 기뻐할 수 없었다.

그들은 아무것도 몰랐다.

구룡리 마을회관의 회벽, 느티나무의 그림자가 바람에 일렁일 때마다 나무에 이어진 사람 형상의 그림자가 같이 흔들리는 것을. 현익이와 준기의 목소리를 비집고 쏴, 하고 바람이 나뭇잎을 치대면 이어 빠드득, 빠드득거리는 소리가 들리는 것을.

지훈은 그러면 안 된다는 걸 알면서도 그림자에서 시선을 옮겼다. 주황빛과 어둠이 섞인 나뭇가지 밑으로 허공에 뜬 맨발이 보였다. 창백한 종아리와 무채색의 원피스, 밧줄에 목을 매어 꺾인 고개. 긴 머리가 채 가리지 못한 얼굴을 보자 그 여자가 눈을 떴다. 동시에 지훈이는 눈을 질끈 감고 자리에서 일어났다.

– 얘, 너 나 봤지?

누구든 무엇이든, 준기에게 말할 수 없다. 알게 된다면 준기도 그 보이지 않는 선 밖으로 갈 테니까. 지훈이는 자기 손을 잡고 뛰며 익살스레 웃는 준기를 떠올렸다. 그리고 아빠의 품에 다시 고개를 파묻었다. 준기는 그런 것 따위 몰라도 됐다.

2

맴맴. 매미 울음이 끊이지 않는 산자락 아래로 잠자리 떼가 날아올랐다. 쨍쨍한 햇빛 아래 웃자란 옥수수 대가 이리저리 흔들렸다.

찰싹!

"아야, 모기 진짜 많아."

옥수수를 따던 차종이가 제 팔을 때렸다. 그 옆에서 딴 옥수수를 지훈에게 넘기는 준기도 제 목덜미를 때렸다. 가슴팍에 옥수수를 한 아름 안고 있던 지훈이 귓가에서 앵앵거리는 모기를 내쫓으며 옥수수밭을 먼저 나갔다.

"이 정도면 될 거 같은데."

뒤따라 나온 준기가 말했다.

"부족하지 않을까?"

지훈이 밭둑에 내려놓은 옥수수를 보며 현익이가 개수를 헤아려

봤다. 한 사람 앞에 두 개씩 먹는다고 치면 몇 개가 부족했다.

"뭐 얼마나 먹으려고?"

준기가 놀라 묻자, 현익이가 인상을 찌푸렸다.

"놀다 보면 금방 배고파!"

"그나저나 너 이거 너희 아빠한테 허락받은 거야?"

"야, 티도 안 나."

옥수수밭은 현익이네가 농사짓는 곳이었다. 젖소를 키우는 현익이네는 겨우내 사료와 옥수수 대를 섞어 주기에 옥수수밭은 꽤 컸다. 그 옆은 준기네가 고추 농사를 지었고, 언덕 너머 과수원은 차종이네였다.

"뭘 새삼스레 그러냐. 길 가다가 우리 집 사과를 따 먹어도 누가 뭐라 한 적 있어? 대신 불장난하면 안 된다고 했으니 이거 현익이네 누나한테 삶아달라고 하자."

차종이가 지훈이 옆에 앉아 옥수수 껍질을 까기 시작했다.

"우리 누나 공부한다고 뭐라 할 텐데."

"역시 중학생은 다르네. 여름방학에도 공부를 다 하고."

작년까지 아이들과 함께 어울려 놀았던 누나는 중학교에 입학한 뒤로 달라졌다. 공부가 더 재밌다며 더는 아이들과 놀지 않았다. 놀아도 학교 친구들과 놀지 동생 친구는 유치해서 재미가 없다나.

현익이는 그런 누나가 이해가 가지 않는다는 표정이었다.

"고등학교는 서울에서 다니고 싶대. 일단 아빠는 두고 보자고 했지만 누나가 좀 악독하잖아. 승부욕도 쩔고. 서울에 고모도 있으니

백퍼 서울 갈걸? 그러면 누나 방은 내가 차지해야지."

"짱이다."

현익이는 할머니와 같은 방을 쓰고 있었다. 아직도 부모님과 같이 자는 아이들은 부럽다고 말했다. 그러나 지훈이는 아빠랑 떨어져서 잔다는 걸 생각할 수 없었다. 세상에서 제일 든든한 아빠였다. 나쁜 귀신들을 물리쳐 주고 지훈에게 다가오지 못하게 지켜주는.

"어쨌든 오늘은 뭐 하고 놀까?"

"얼음 땡 할까?"

아이들은 껍질을 다 깐 옥수수를 나눠 들고 현익이네로 향했다. 강렬한 햇빛에 발갛게 달아오른 얼굴들엔 웃음기가 가득했다.

"야, 저기 지훈이네 아버지 아니야?"

앞서던 차종이가 왼쪽 산 아래를 가리켰다. 공동묘지가 있는 선산이었다. 지훈이는 반가운 마음에 고개를 들었다. 아빠는 무덤가에서 낫을 들고 잡초를 베며 그 옆에서 뒷짐을 지고 있는 할아버지와 두런두런 대화 중이셨다. 손을 들어 아빠를 부르려고 할 때였다.

"근데 혼자서 뭐라고 하시는 거야?"

현익이의 말에 지훈이는 아이들을 보았다. 현익이와 차종이가 서로 눈짓을 주고받았다. 아빠가 웃으며 할아버지한테 뭐라고 말했다. 기분 좋은 나긋한 목소리임에도 지훈이의 온 신경은 아이들에게로 향했다. 아이들에게 저 할아버지는 보이지 않았다. 전혀 이상한 상황이 아니라며 뭐라고 변명해야 하는데 당황해서 그럴싸한 말이 나오지 않았다.

"노래 부르시는 거겠지."

툭 내뱉는 준기의 말에 아이들의 시선이 준기에게로 향했다가 아빠에게로 옮겨갔다.

"저게 노래 부르는 거라고? 전혀 그렇지…… 아야, 왜 그래?"

현익이가 말하는데 차종이가 옆구리를 찔렀다. 아이들의 수군거림에 아빠가 이쪽을 보았다. 지훈을 본 아빠가 활짝 웃으며 손을 흔들었다.

"안…… 녕하세요."

아이들이 어정쩡하게 인사했다.

"아들! 더운데 어딜 다녀오는 거야?"

지훈이는 아무 말도 하지 않고 뛰었다. 아빠가 지훈이의 이름을 불렀으나 지훈이는 뒤돌아보지 않았다. 아이들이 다시 어정쩡하게 인사하고 그 뒤를 따라갔다.

– 두껍아, 두껍아. 헌 집 줄게, 새집 다오.

지훈이는 놀이터에 있었다. 미끄럼틀 옆에서 옹기종기 아이들이 둘러앉아 손위에 모래를 덮으며 노래를 불렀다. 모래를 톡톡 다독이는 지훈이 손과 다른 아이의 손. 미끄럼틀을 타고 노는 아이들도 따라 불렀다.

– 두껍아, 두껍아. 헌 집 줄게, 새집 다오.

아이들의 웃음에 지훈이까지 덩달아 깔깔 웃었다. 갑자기 사방이 어두워졌다. 노랫소리와 웃음소리도 뚝, 하고 멈췄다. 지훈이는 두려움에 뛰기 시작했다. 같이 놀던 아이들이 어디로 갔는지 몰랐다. 오로지 혼자만 이쪽으로 뛰었다가 저쪽으로 뛰었다. 그때 어둠 속에서 입 하나가 나왔다. 손이 같이 나와 입가를 가렸다.

"애가 이상해요. 분명 혼자 노는데 여럿이서 노는 것처럼 소리치고 깔깔 웃어대지 않겠어요? 누구의 이름도 부르더라니까요."

그 옆에 다른 입이 나왔다.

"저도 그런 거 봤어요. 얼마 전에 돌아가신 윤 씨 할머니 댁에서 '할머니 못 걸으세요? 여기 지팡이요. 제 손을 잡으세요.' 이러지 않겠어요? 얼마나 소름 돋던지. 제가 돌아가신 할머니 집에서 뭐 하는 거냐고 소리 지르니까 애가 식겁하고 도망치더라니까요."

이번엔 콧수염이 있는 입이 나왔다.

"정신병이야, 정신병! 그런 애를 병원에 가둘 생각을 안 하고 이곳에 풀어놓다니. 저런 놈이 뭔 사고를 칠 줄 알고! 묘지기 놈이 돈 좀 벌겠다고 정신이 해까닥해서. 그런 놈들 받아주는 이장도 제정신이 아니야. 모두 마을 아이들 간수 잘하라고!"

지훈이는 두 귀를 틀어막았다. 입들은 계속 어둠 속에서 튀어나와 도망치는 지훈의 뒤를 쫓았다. 턱 끝까지 숨이 차올랐다. 아무리 달려도 입들에게서 벗어날 수 없었다.

아빠! 도와줘, 아빠!

애타게 불러도 목소리는 나오지 않았다. 엉엉 울고 싶었으나 눈물도 나오지 않았다. 입들이 달려들었다. 지훈이는 눈을 질끈 감았다.

딸깍. 시원한 바람이 불어왔다. 금방이라도 지훈을 물어뜯으려는 입들이 바람에 날아갔다. 이내 따뜻한 손길이 얼굴에 닿았다.

지훈이는 눈을 떴다. 형광등의 불빛 때문에 눈부셨다. 그 밑으로 아빠의 얼굴이 보였다.

"무슨 잠을 이리 험하게 자? 이 땀 좀 봐. 덥지도 않았어? 선풍기 틀어놓고 자지 그랬어?"

"아빠?"

"그래, 아빠야. 무서운 꿈꿨어?"

지훈이는 아빠의 품에 안겼다. 아빠에게서 막걸리 냄새가 났다. 털털털 돌아가는 선풍기 소리가 아득히 들렸다.

"아빠한테 화난 거 아니었어?"

그제야 낮에 아빠를 보고 도망친 게 떠올랐다. 지훈이는 고개를 흔들었다.

"그냥 가서 미안해, 아빠."

친구들이 어떻게 생각하든 그렇게 도망치면 안 됐다. 그 어떠한 상황에서도 아빠만이 유일한 내 가족, 내 편이니까. 아빠가 지훈을 꼭 안았다.

"아빤 괜찮아. 친구들 앞이라 지훈이도 당황해서 그랬을 거니까. 아빠가 너무 맘을 놨네. 다음부턴 조심할게."

아빠가 지훈을 안은 채 몸을 천천히 좌우로 흔들었다. 아기 때부터 지훈이가 이렇게 안겨있을 때면 잠들기 전까지 얼러줬다. 아빠의 투박한 손이 등을 두드렸다. 지훈이는 다시 눈을 감았다. 물 위에 몸이 뜬 것처럼 이리로 저리로 흔들렸다. 방금 꾸었던 꿈이 더는 기억나지 않았다. 그저 편안한 마음만 들었다.

아이들의 웃음소리가 마을에 울려 퍼졌다. 집들과 마을회관을 잇는 길 중앙에 판자로 지붕을 올린 우물이 있었다. 그 그늘 밑에서 아이들은 뛰어놀았다.

"얼음!"

두꺼운 철판으로 막아놓은 우물 위로 준기가 올라가면서 외쳤다. 덜컹거리는 소리와 함께 쇠사슬과 자물쇠로 고정해 놓은 철판이 움직였다.

"야! 어른들이 거기 올라가지 말랬잖아."

술래인 차종이가 투덜거리자, 준기는 발밑을 봤다.

"타임!"

"뭔 타임?"

지붕을 지탱하는 기둥 뒤에 숨어있던 현익이가 우물 앞으로 왔다.

"철판인데 뭐가 위험하다고 그래?"

준기가 제자리에서 몇 번 뛰자, 녹과 먼지가 피어올랐다. 차종이가 눈을 가느스름하게 뜨며 불어오는 먼지를 피했다.

"철판이라도 하지 말라는 건 하지 말아야지."

"놔둬. 쟤 아빠한테 저번에 혼나서 그래."

그렇게 말하며 현익이는 돌조각을 주워 철판을 두드렸다. 캉캉, 하고 날카롭게 울리는 소리에 차종이가 눈살을 찌푸렸다. 그 말에 준기는 그 위에서 내려왔다.

"근데 지훈이는 왜 안 와?"

지훈이네 집이 있는 마을회관 쪽을 보며 준기가 말하자, 차종이와 현익이가 서로 눈짓을 주고받았다. 그 모습을 본 준기가 허리에 두 손을 올렸다.

“뭔데?”

“뭐가?”

차종이가 슬쩍 말꼬리를 내렸다.

“너희 어제부터 지훈이한테 이상하게 굴잖아.”

“이상한 건 걔지, 우리가 왜 이상하냐?”

현익이가 준기의 말에 반박했다.

“지훈이가 왜 이상해?”

“너도 어제 봤잖아. 묘지기 아저씨가 무덤가에서 혼잣말하는 거. 노래 부르는 거는 무슨, 그런 거 우리만 봤냐? 어른들이 하는 말 못 들었어? 그 집안 이상하다니까. 아저씨나 지훈이나 혼잣말하는 건 예사고 이상한데 보고. 우리 누나는 묘지기 아저씨가 무덤 관리하면서 귀신에 씌었대. 오죽하면 우익 할아버지가 정신병 걸렸다고 그랬겠어?”

“뚫린 입이라고 막말하냐? 맞고 싶어?”

준기가 현익이의 멱살을 잡았다.

“야아, 싸우지 말아.”

차종이가 둘 사이에 끼어들었다.

“지훈이 그 새끼가 왜 안 오겠냐? 걔 저번에 우물 속에 뭐가 있다고 벌벌 떨었잖아. 분명 이상한 환각을 본 거야!”

지훈이는 이른 새벽에 일어나는 아빠를 따라 잠에서 깼다가 아빠가 선산 묘지로 가고 나서도 한참이나 이부자리에서 빈둥거렸다. 그렇게 날이 밝을 때까지 TV를 보다가 털털털 돌아가는 선풍기 바람을 맞으며 저도 모르게 잠이 들었다.

늦잠을 잔 지훈이는 허겁지겁 마당으로 나왔다. 아이들과 만날 시간이 지나 있었다. 대충 세수를 하고 운동화를 신으며 마을회관으로 달려갔다. 아이들은 우물가에 있었다. 지훈이는 잠시 멈칫거렸다.

여름이 될 때마다 지훈이는 그 우물이 무서웠다.

지금은 철판으로 덮였지만, 나무판자에서 철판으로 갈기 전에 준기가 그 안을 봤을 땐 물기 하나 없는 메마른 땅이 보였다고 했다.

옛날에는 그 우물에서 마을 사람들이 물을 길어다가 썼는데 상수도가 들어와 우물을 쓸 필요가 없어 막아놨고, 수년 후엔 우물물마저 말랐다고.

어른들이 사용하지 않는 우물가는 아이들의 놀이터가 되었다. 얼음 땡이나 잡기 놀이(술래는 우물가에서 두 발로 자유롭게 뛸 수 있고 다른 아이들은 밑에선 한 발로 도망치는 놀이. 우물 위에 올라가면 술래가 못 잡는다)를 했기에 위험한 나무판자 대신 철판으로 갈았을 터였다.

어쨌거나 그곳에서 놀 땐 다른 계절에는 괜찮았으나 여름만 되면 우물 속에서 이상한 소리가 들렸다. 퉁퉁. 무언가가 철판을 두드리는 소리. 그게 뭔지는 몰랐으나 다른 아이들에겐 들리지 않았으니 귀신이라 짐작됐다.

그래서 지훈이는 그 우물 위로 올라가기가 싫었다. 올라가 있으면 그것이 손을 뻗어 지훈의 발목을 잡아챌 것 같아서였다. 그동안 술래만 하겠다고 했으나 달리기도 빠르지 않아 아이들이 재미없어 했고, 그렇다고 아프다고 변명하며 빠지는 것도 한두 번이었다.

이번엔 또 뭐라고 해야 하나.

그렇게 주춤거리며 아이들에게 향하는데 갑자기 준기가 현익이의 멱살을 잡았다. 서로 뭔가 말하더니 이어 소리침이 들렸다.

"지훈이 그 새끼가 왜 안 오겠냐? 걔 저번에 우물 속에 뭐가 있다고 벌벌 떨었잖아. 분명 이상한 환각을 보는 거야!"

현익이의 말에 지훈이는 그 자리에서 멈춰 섰다. 심장이 입 밖으로 튀어나올 것처럼 쿵쿵 뛰었다. 뜨거운 햇볕 아래에서 짙은 현기증이 일었다. 그들이 알면 안 돼! 지훈은 주먹을 말아 쥐었다. 그리고 버석거리는 입술을 떼고 소리쳤다.

"아니야!"

아이들의 시선이 지훈에게 향했다. 그 얼굴들에 죄책감이 어렸다. 준기가 현익이의 멱살을 놓았다.

"지훈아, 왔어?"

"정신병 아니야! 그리고 그때 나 그렇게 벌벌 떨지 않았어. 그딴 건 전혀 안 무섭다고! 그리고 세상에 혼잣말하는 사람들이 얼마나 많은데. 현익이 너희 할머니도 종종 혼잣말하시잖아!"

"야, 그건……."

현익이는 뒷말을 잇지 못했다. 할머니의 혼잣말이 떠올랐기 때문이다.

'아이고, 허리야. 비가 오려나?'

'아이고, 저 꼴들을 보느니 어서 가야지.'

'망할 영감. 내가 술을 작작 마시라 했을 때 말을 들었으면 이런 호사도 받고 좀 좋아?'

"그래! 아니야!"

이번엔 준기가 소리쳤다. 씨근덕씨근덕 뜨거운 들숨을 내뱉으며 현익을 노려봤다.

"너희 지훈이랑 논 게 몇 년인데 정신병이래? 너희가 보고 겪어도 그 말이 나와? 다시 한 번만 더 그딴 말 지껄이면 진짜 나한테 죽는다!"

"그건 어른들이……."

"이게!"

준기가 다시 현익이의 멱살을 잡고 손을 들었다. 차종이가 다시 중간에서 만류했다.

"좋아! 그건 아니라고 쳐!"

현익이가 소리쳤다.

"아니라고 쳐어? 너 진짜 말 똑바로 안 할래?"

"그게 아니면 다른 건? 재가 거짓말하고 있잖아!"

"무슨 거짓말?"

"벌벌 떨지 않았다고, 그딴 건 무섭지 않다고!"

그 말에 다시 아이들이 지훈을 봤다. 현익이가 이어 말했다.

"재처럼 겁쟁이가? 그리고 그딴 게 뭐겠어? 귀신! 너 정말 귀신이 안 무서워? 맨날 밤에 놀면 준기 뒤에서 숨거나 놀라 자빠졌던 주제에 어디서 거짓말이야?"

"그건…… 그래, 나 귀신 안 무서워! 그냥 숫기가 없을 뿐이야!"

지훈이는 준기 엄마가 이장 아저씨에게 자기에 대해 늘 하는 말로 받아쳤다. 차종이가 고개를 갸웃거리다가 준기한테 물었다.

"야, 숫기가 뭐냐?"

"…… 그런 게 있어."

"너도 모르는구나."

"그래? 그렇단 말이지. 그럼, 내일 버드나무집에 가자."

"어엉?"

현익이의 말에 차종이가 화들짝 놀랐다. 버드나무집은 마을 뒤 언덕을 넘어 차종이네 사과 과수원과 세 개의 미루나무를 지나 냇물을 건너 복숭아 농장 근처에 있었다. 꽤 먼 거리지만 그곳이 아이들 사이에서 유명한 이유가 있었다.

버려진 별장, 즉 폐가.

어느 부자의 여름 별장이었는데 사람 손길이 닿지 않은 지 꽤 오래되어 멀리서 썩어들어가는 건물만 봐도 음산한 기운이 풍기는 곳이었다. 아이들은 무서워서 그 근처만 갔을 뿐 들어가지는 못했지만 소문엔 고등학교 형들이 담력 시험을 하겠다고 들어갔다가 귀신을 보고 도망쳤다는 이야기가 있었다.

그런 곳을 지금 현익이가 가자고 제안했다.

"거기 진짜 귀신 나온다잖아. 난 싫어."

“아, 재가 거짓말하는지 아닌지 확인해 봐야 할 거 아니야!”

차종이의 말에 현익이가 버럭 소리를 질렀다.

“그래, 가면 될 거 아니야!”

준기가 맞받아쳤다. 그러고는 지훈을 붙들었다.

“세상에 귀신이 어딨어? 그렇지? 가자. 그냥 허물어지는 집일 뿐이야.”

지훈이는 우물쭈물하다가 현익이의 비웃음에 입술을 꾹 다물었다. 그리고 결심한 듯 고개를 끄덕였다.

3

찌르르, 찌르르 울어대던 풀벌레가 숨죽일 때쯤 어둠 속에서 불이 켜졌다. 지훈 아빠는 마른기침하며 자리끼로 준비한 물을 마셨다. 미닫이문을 열자 서늘한 공기에 섞여 멀리서 닭 우는 소리가 들렸다.

청수산 능선 하늘이 푸르게 빛났다. 곧 여름의 이른 해가 뜨리라. 묘지기로서 선산에 돋아나는 풀들을 정리하고 멧돼지나 고라니가 무덤을 파헤치진 않았는지 확인해 봐야 했다. 간밤에 무덤 중 하나의 주인인 동화 할아버지가 그것들이 종종 내려온다고 주의를 줬다. 확인해 보고 밭에도 다녀와야 했다.

"아빠."

셔츠의 단추를 채울 때, 자고 있는 줄 알았던 지훈이가 고개를 돌렸다. 눈에 잠기운이 없는 것을 보니 꽤 오래전부터 깨어있었던 듯했다.

"왜 안 자고?"

밤중에 잠에서 깬 지훈은 날이 밝으면 버드나무집에 가야 한다는 사실에 더는 잠이 오지 않았다. 귀신을 본다는 사실을 들킬까 봐 전혀 무섭지 않다고 호기롭게 외쳤지만, 빤한 거짓말에 아이들이 속을 리 없었다. 특히 현익이가 그냥 넘어가지 않았다. 왜 그리 자신을 싫어하는지 도통 모르겠다. 오래되어 다 쓰러져 가는 집에 귀신이 없을 리도 없고, 봐도 태연히 모른 척해야 하는데 과연 그럴 수 있을까 싶기도 하고.

아빠의 얼굴을 보니 울컥하고 억울한 마음이 들었다.

"왜 귀신들은 날 괴롭히는 거야?"

"어?"

갑작스러운 질문에 아빠는 무어라 대답하기 애매해서 자리에 바르게 앉았다.

"왜 갑자기 그런 질문을 할까? 마을회관 귀신이 또 괴롭혔어?"

지훈이는 고개를 내저었다.

"깜짝 놀라게 하고 그러는 건 분명 잘못이고 괴롭히는 거 맞아. 그들이 널 괴롭히는 이유는 네가 그들을 봐서, 너만 그들을 봐서 그래. 자기들 딴엔 자기들을 봐주는 네가 신기하고 반갑고 관심받고 싶어서 그럴 거야. 하지만 방법이 잘못됐지."

"그래서 그들이 싫어. 어디서든 나를 난감하게 만들어. 나는 싫은데 막무가내로……."

아빠가 이해한다는 듯 고개를 끄덕였다.

"아빠도 종종 그런 귀신들 볼 때면 싫어. 하지만 지훈아, 사람마다 좋은 사람이 있고 나쁜 사람이 있듯 귀신도 그런 귀신도 있고 너에게 호감을 느끼는 귀신도 있을 거야. 모두가 다 나쁘지 않아. 동화 할아버지를 봐. 아주 훌륭하고 멋지시잖아."

지훈이는 며칠 전 묘지에서 아빠와 대화하던 할아버지를 떠올렸다. 모든 귀신을 다 무서워하는 지훈이었기에 멀리서만 봤을 뿐 근처엔 가지도 않았다. 그래도 자신을 보며 껄껄 웃으시는 할아버지가 나빠 보이진 않았다.

"네가 겁을 먹어서 그래. 지난번에 윤 씨 할머니께 예의 바르게 잘했다며? 지팡이도 챙기고, 부축도 해드리고."

"그거야 돌아가신 걸 몰랐으니까. 그 옆집 아줌마가 알려줬을 땐 도망치기까지 했는걸. 근데 아빠가 그걸 어떻게 알아?"

지훈의 질문에 아빠가 씩 웃었다.

"할머니가 얘기해주셨지. 아들이 아주 착하고 예의 바르더라고. 아빠는 네가 얼마나 기특했는지, 할머니가 가셔야 할 길까지 잘 안내해 드렸어."

아빠가 지훈의 머리를 쓰다듬었다. 그리고 이어 말했다.

"잠시 그들을 보고 느껴봐. 그들의 말에 귀를 기울이는 게 꼭 나쁘지만은 않아. 더는 도망치지 않아도 될지 모르잖아."

4

"이야, 한지훈 진짜 오네."

그악스레 울어대는 매미 울음 사이로 빈정대는 현익이의 목소리가 들렸다. 만나기로 한 언덕에 일찍 도착한 현익이와 차종이가 언덕을 오르는 지훈을 바라보고 있었다.

"너 그러다 준기한테 진짜로 맞는다."

차종이가 현익이에게 한마디 했다.

"걔가 때려봤자지."

"아니야. 준기 요새 아침마다 동네도 뛰어다니고, 태권도 학원에서 노란띠도 땄고, 송판도 두 개나 격파한대. 누나한테 맞는 것보다 더 아플걸? 너 한 대 맞으면 이빨 나갈지도 몰라."

"나라고 뭐 운동 안 한 줄 아냐!"

"에휴, 난 모르겠다. 맞고 울지나 마."

현익이는 괜스레 화가 치밀어 막 도착한 지훈을 째려봤다.

"애들아!"

뒤늦게 도착한 준기가 언덕 위를 한달음에 달려왔다. 쿵쿵 울리는 뜀박질에 놀란 방아깨비가 날아올랐다.

"야아, 뛰지 마. 보는 내가 힘 빠진다. 넌 덥지도 않냐."

차종이가 손으로 제 얼굴을 부치며 말했다. 오늘도 더웠다. 가만히 있었는데도 벌써 진이 빠졌다. 잔뜩 상기된 얼굴의 준기가 웃었다.

"걘 오늘따라 왜 기분이 좋냐?"

차종이가 현익이의 옆구리를 찌르며 물었다. 준기가 대신 대답했다.

"모험이잖아! 그동안 맨날 하던 놀이만 하면서 방학을 보냈는데 오늘은 뭔가 색달라!"

"너도 참 대책 없이 긍정적이다. 귀신이 나온다는 집에 가는데 그렇게 좋아할 일이냐?"

차종이는 버드나무집에 가자고 먼저 말을 꺼냈던 현익을 원망스레 쳐다봤다. 자기도 귀신이 무서우면서 지훈의 거짓말을 밝히겠다고 굳이 거기에 가자고 한 게 이해되지 않았다. 사람이 무섭기도 하고 그걸 밝히기도 싫으니 안 무섭다고 뻥칠 수도 있지.

"원래는 밤에 가야 제대로인데."

현익이가 투덜댔다.

"부모님이 잘도 허락해 주시겠다. 에휴."

차종이는 절로 나오는 한숨을 내뱉었다.

"가자!"

준기의 말에 아이들은 언덕을 넘기 시작했다. 잠자리 떼가 날아오르고 멀리 현익이네 목장의 젖소가 풀을 뜯고 있었다. 차종이네 과수원 왼편은 배밭이었고 오른편은 사과밭이었다. 길 양옆에 철조망을 쳐놓았지만, 차종이는 배수로를 건너 철조망 밖으로 뻗어나온 사과나무 가지에서 사과를 따 하나씩 건넸다.

아삭.

옷에 사과를 대충 닦아내고 한입씩 베어 물었다. 시큼하고 단맛이 입 안에 퍼졌다. 아이들은 한동안 말없이 사과를 먹으며 걸었다. 뜨거운 햇살 아래 선명하게 빛나는 푸르른 색깔들을 눈에 담았다. 준기는 그사이 나무 막대기 하나를 주워 들고 허공에 휘휘 내저었다.

"악의 무리를 소탕하러 가자!"

"나도."

현익이도 풀숲에서 나무 막대기를 주웠다.

"야, 너희들도 무기 챙겨."

준기의 말에 아이들은 적당한 나뭇가지를 찾으려고 주위를 훑어봤다. 각자 무기인 나뭇가지를 찾아든 아이들이 일렬로 선 미루나무를 지났다. 바람에 잎새가 흔들리는 미루나무 꼭대기로 조각구름이 걸렸다. 한참을 걷던 아이들이 냇가를 발견하고 뛰기 시작하자 그 뒤로 뿌옇게 흙먼지가 일었다. 다리 위에 선 아이들은 그 밑에 흐르는 맑은 냇가를 내려다봤다. 계속 맑은 날만 이어져 냇가는 바닥을 드러내고 있었다.

"물고기 있어?"

"없어. 우리 날도 더운데 그냥 여기서 놀자."

"야! 사나이가 한 번 칼을 빼 들었으면 물이라도 베야 할 거 아니야."

준기가 냇가를 향해 막대기를 휘둘렀다. 그 끝이 물에 닿을 리 없었다. 차종이가 어이없어하며 준기를 바라봤다.

"그게 대체 뭔 말이야, 방귀야?"

"그거 부부싸움은 칼로 물 베기 아니야?"

현익의 말에 준기가 실실 웃으며 고개를 끄덕였다.

"안 돼! 오늘은 꼭 버드나무집에 가야 해!"

단호하게 말한 현익이가 먼저 앞장섰다. 후끈한 바람에 달콤한 복숭아 냄새가 실려 왔다. 복숭아나무에 잘 익어가는 복숭아가 잔뜩 매달렸다. 저 멀리에서 주인아저씨와 아줌마가 과실을 따고 있었다.

"저분들은 귀신 나오는 집 옆에서 어떻게 사시지?"

차종의 질문에 앞장서던 현익이가 조용히 하라고 손가락으로 입술을 가렸다. 아이들은 들키지 않게 몸을 낮추고 복숭아밭을 빠르게 지나갔다.

무성한 풀숲에 담이 보이기 시작했다. 군데군데 금이 가고 툭 치면 금세 허물어질 것 같은 콘크리트 담을 지나자 허술하게 닫힌 철문이 보였다. 쇠사슬로 양 문을 붙들어 묶었으나 그 사이는 크게 벌어져 어른도 마음먹으면 쉽게 빠져나갈 수 있을 정도였다.

철문을 차례로 지난 아이들은 일렬로 서서 걷기 시작했다. 이번엔 준기가 허벅지까지 오는 수풀을 나무 막대기로 헤치며 앞장섰다.

"걱정하지들 마. 태권도 노란띠를 딴 내가 귀신이든 뭐든 나오면 아주 혼쭐을 내줄 테니!"

"역시 태권도 노란띠! 듬직하다!"

그 말에 아이들이 저마다 들고 있던 나무 막대기를 흔들었다. 지훈은 맨 뒤에서 잔뜩 몸을 움츠리고 발을 질질 끌었다. 양옆에 나란히 선 나무들 사이로 버드나무집이 설핏설핏 보였다. 그리고 나무 그늘을 지나 수풀이 무성하게 돋은 자리로 나와 그 집을 온전하게 마주했을 때 심장이 팔딱팔딱 뛰었다.

본래의 색을 잃은 이 층 집은 담쟁이넝쿨로 뒤덮였다. 군데군데 이가 빠진 것처럼 유리창이 깨져 어두운 내부가 보였다. 집 쪽에서 서늘한 바람이 불어왔다. 햇빛 아래에 서 있는 데도 몸이 벌벌 떨렸다. 이마에 맺혔던 땀이 볼을 타고 흘러 바닥으로 떨어졌다. 햇볕에 달궈진 땅에서 땀방울이 타들어 가는 소리가 들리는 듯했다. 그건 이제까지 초대받지 않은 불청객들의 등장에 숨죽였던 매미들이 일제히 내지르는 울음이었다.

잠시 멈춰 섰던 준기가 힘차게 발을 내디뎠다. 깨지고 뒤집어진 나무 계단을 보고는 그 옆 비탈길로 올라가기 시작했다. 아이들이 그 뒤를 따랐다.

"위험해."

지훈이 말했으나 아이들은 듣지 않았다. 지훈이 좀 더 큰 소리로 말했다.

"위험하다니까."

그 집에서 풍기는 분위기가 위험한지, 아니면 가파른 비탈길이 위험한지 판단이 되지 않았다. 현익이가 뒤를 돌아봤다.

"위험하다니까? 하하하."

현익이가 지훈의 놀란 표정과 말을 따라 하며 방정맞게 웃었다.

"진짜야. 사람이 살지 않는 집엔 뭔가가 있단 말이야."

"뭔가가 뭔데. 귀신? 잘됐네. 너 그거 무섭지 않다며, 그렇지? 만나서 인사하면 그동안 내가 널 오해했다며 사과할게. 근데 아니면?"

무언가를 본다는 사실은 이미 중요하지 않았다. 그저 그것이 무섭지 않다는 것만 증명하면 되는 것이었다. 눈 딱 감고, 아무렇지 않은 척만 하면 모든 게 해결된다. 그러면 아이들이 인정하겠지. 어른들이 하는 악의적인 말이 오히려 거짓이란 것을.

호기롭게 별장 앞까지 간 아이들은 쉽사리 그 안으로 들어가지 못하고 주위를 기웃거렸다. 풀숲에 깔린 벽돌집의 부서진 잔해들을 들쑤셨고 거미줄에 매달린 커다란 거미를 막대기로 쿡쿡 찔렀다.

그렇게 외벽을 따라 걷다가 통창이 깨져 틀만 남은 거실 앞에 섰다. 틀에 누군가가 투명한 비닐로 막았는데 내부가 고스란히 보였다. 방마다 장판이 제쳐졌고 벽지는 뜯겼다. 돌무더기가 깔린 집 안으로부터 음습한 바람이 불어오자 비닐이 펄럭였다. 서늘한 공기가 피부에 닿자 누구 하나 입을 열지 않았다.

침묵 속에 매미 울음이 가득 울릴 때 준기가 막대기를 들었다.

"내가 앞장선다."

그 말에 차종이가 나머지 아이들을 보다가 손을 들었다. 앞이나 뒤는 무서웠고 무슨 일이 생기면 빨리 도망칠 수 있는 자리!

"난 두 번째!"

잽싸게 준기 뒤로 붙는 차종을 보며 현익이는 느긋하게 그 뒤에 섰다.

"그럼 나는 세 번째."

어쩌지도 못하고 서 있던 지훈이가 자신을 보며 비웃음을 짓는 현익이의 뒤로 갔다. 나무 막대기를 쥔 손에 땀이 찼다.

준기가 비닐을 걷고 턱이 진 내부로 올라섰다. 아이들이 차례차례 그 뒤를 따라갔다.

"야, 빨리 와. 너 자꾸 뒤에서 뭉그적대면 귀신이 잡아간다."

머뭇거리는 지훈의 앞에 선 현익이가 불퉁스레 말했다. 지훈은 두 손을 말아쥐고 집 안으로 사라지는 아이들의 뒤를 쫓아갔다.

후끈한 밖과는 달리 안은 선선했다. 벽돌 냄새일까, 시멘트 먼지 냄새일까. 분간이 안 되는 냄새가 집 안에 가득했다. 아이들의 고개가 사방으로 돌아갔다. 모여 있다가도 호기심에 저마다 다른 곳으로 흩어졌다. 구석구석 허물어진 벽돌 뒤, 한편에 쌓인 나무 자재 밑을 뒤졌다. 그들은 두서없이 흥미를 끌 뭔가를 찾았다.

다시 모인 아이들은 거실을 지나 안방으로 갔다. 가구 하나 없이 휑했다. 대신 밖에서 자라나는 담쟁이넝쿨이 깨진 창을 넘어 집 안까지 침입했다. 미지근한 바람에 그 너머 버드나무 이파리들이 흔들렸다. 극성스럽던 매미가 울음을 멈췄다. 아이들은 일렬로 서서 다른 곳으로 향했다. 지훈만이 그 앞에서 계속 흔들리는 나뭇잎 사이를 보았다.

검은 눈이 지훈을 마주 본다.

눈을 떼지 못하자 잎새로 그 얼굴이 천천히 드러났다. 여자의 얼굴에서 유독 반질거리는 두 눈이 지훈을 빤히 쳐다봤다. 그녀가 오므린 입술을 크게 벌렸다. 깊은 어둠이 도사린 입에서 바람 소리가 쌕쌕 났다.

이 층으로 향하는 좁은 나무 계단은 곳곳이 부서져 조심히 올라가야 했다.

"조심해. 다치겠다."

준기 뒤에서 차종이가 속삭였다.

"왜 속삭이는 거야?"

준기가 물었다.

"쉿, 여기 귀신이 있다면 우리 목소리가 들릴 거 아니야."

"우리 귀신 찾으러 온 거잖아. 그럼, 귀신을 빨리 만나야지."

현익이가 차종이의 말이 답답하다는 듯 한숨을 내쉬었다.

"아, 그런가."

한 발을 올리고 계단이 삐꺽거리자 다른 곳으로 발을 옮기던 준기는 위에서 이상한 소리를 들었다. 쿵 쓱쓱, 쿵쿵. 잠시 멈춰 층계참 위를 기웃거리자, 햇빛이 비치는 이 층에 검은 그림자가 일렁였다.

"어?"

누가 있을 리가 없는데. 쿵쿵, 발걸음 소리가 가까워진다. 귀신이다. 귀신이 아이들의 소리를 듣고 이쪽으로 다가오고 있었다. 크고 빠른 소리에 심장이 덩달아 뛰었다.

여자 귀신의 등장과 함께 겁에 질려 뒷걸음질 치던 지훈이 돌아서 뛰었다. 그리고 문을 나서려던 순간 멈춰 섰다. 자신을 비웃던 현익이의 얼굴이 떠올랐다. 거실을 가로지르는 아이들의 뒷모습을 봤다.

'무턱대고 무서워하지 마.'

아빠의 낮고 부드러운 목소리가 떠올랐다.

'잠시 그들을 보고 느껴봐. 그들의 말에 귀를 기울이는 게 꼭 나쁘지만은 않아. 더는 도망치지 않아도 될지 모르잖아.'

용기를 내서 힐끗 뒤돌아보니 귀신은 여전히 자신을 빤히 쳐다보고 있었다. 눈 하나 깜짝하지 않은 채로. 두려운 마음이 완전히 사라진 것은 아니나 아빠가 얘기한 대로 해볼 마음이 들었다. 그래서 일단 돌아섰다.

바람결에 퀴퀴하고 비릿한 냄새가 풍겼다. 귀신 뒤로 커다란 버드나무와 검은빛 연못이 보였다. 크게 숨을 들이쉬고 쭈뼛거리며 다가갔다. 그리고 어느 정도의 거리를 두고, 여차하면 도망칠 수 있는 거리만큼 간격을 두고 섰다.

귀신은 도망치지 않고 오히려 자신을 보는 지훈이가 신기했는지 고개를 이리 꺾고 저리 꺾으며 입술을 뻐끔거렸다. 지훈도 천천히 그 모습을 제대로 보았다. 귀신들의 모습은 마냥 징그럽고 무섭기만 한 모습이라 여겼다. 그런데 이 귀신은 좀 달랐다.

검은색의 진흙을 머리부터 발끝까지 뒤집어썼지만, 진흙이 벗겨진 부분에 피부 대신 색이 죽은 금빛이 보였다.

"참으로 오랜만에 인간 아이를 보네. 오래 살고 볼 일이야. 다시는 보지 못하겠다고 생각했는데. 그래, 오래 살았더니 그 아이도 보았지."

"귀신인데 오래 살았다고요?"

조심스레 말을 걸자 뻐끔거리던 입술이 양 끝으로 말아 올라가더니 키득거렸다.

"귀신이라고? 그거 가끔 오는 사람들이 날 볼 때면 그렇게 소리 지르며 도망치던데. 아니야. 나는 그저 저 연못에 사는 잉어일 뿐이야."

지훈의 시선이 연못으로 향했다. 너무도 탁해 그 안이 보이지 않는 연못은 썩어가는지 냄새도 심했는데 그곳에 잉어가 살고 있다는 사실이 믿겨지지 않았다.

"어떻게 잉어가 사람으로 변할 수 있어요?"

"오래 살면 그럴 수 있다고 하더라. 둔갑한다고 하던데 나도 갑자기 한 거라 잘 몰랐어. 지나가던 철새가 알려준 거라. 그리고 내가 워낙 다른 잉어보다 남달랐고. 처음에 이곳에 왔을 때부터 이 집 주인이 날 좋아했어. 황금 잉어가 돈 벌어 준다며. 같이 있던 친구들도 아름다웠는데, 내 색이 인간들한테는 더 특별하다더군."

탁. 종알종알 말하던 잉어가 창에 손을 얹고 상체를 안으로 살짝 내밀었다. 놀란 지훈이 뒷걸음쳤다.

"너처럼 내 말을 들어주는 아이가 없었어. 신나. 이 집 아이는 제 말만 했거든. 이 집이 번듯했을 때, 아주 오래전 그 아이는 매번 책을 들고나와 내 앞에서 책을 읽었어. 혼자서 무척 심심한 것 같았는데. 나는 걔 말을 알아들었지만, 그 아이는 아니었으니까. 언제고 나도 말을 하고 싶었어. 같이 놀고 싶었어. 그 아이가 연못에 빠지지 않았다면 함께 놀 수 있었을까? 책을 읽으며 연못 주위의 돌을 밟던 아이가 발을 헛디뎌 풍덩, 하고 빠진 거야. 놀란 내 친구들은 멀리 도망갔고 연못은 금세 흙탕물로 변했지. 나는 걱정되어서 아이에게 갔어. 지금처럼 서로 눈이 마주쳤는데 그 아이의 눈에서 생기가 빠져나가더라고. 도와주고 싶었어. 아이를 붙들어 일으키고 싶다고 생각했을 때 인간으로 변신한 거야. 아이를 연못 밖으로 밀어내고 돌을 던져 이 창을 깨서 사람들을 불렀어. 다행히 아이는 일어났지만, 며칠 뒤 차를 타고 가더니 오랫동안 돌아오지 않았어. 나는 여전히 책을 읽을 때 반짝거리던 그 아이의 눈빛을 잊지 못해."

천장을 보며 말하던 잉어가 문 쪽을 봤다. 지훈도 함께 그곳을 돌아봤다.

"친구들이니? 나랑도 놀아줄까?"

지훈은 아이들과 잉어가 함께 노는 모습을 떠올려 봤지만, 저 모습으로는 무리였다. 그래서 고개를 흔들었다. 시무룩해진 표정으로 잉어는 뒤로 물러났다.

"내 친구들은 오래전에 죽었거든. 오랫동안 난 혼자였어. 그 아이는 돌아온 뒤로 이 층에서 내려오려 하지 않아. 더 이상 내가 있는 연못으로 오지 않아. 이제 난 힘이 없어서 그곳으로 갈 수가 없는데. 혹시 그 아이에게 전해주겠니? 그 버드나무 옆 돌 부근에 내가 모아둔 게 있는데."

점점 흐려지는 잉어의 모습을 보던 지훈은 그 말에 눈을 번쩍 떴다.

"지금 이 층에 누가 있다고요?"

그 말에 잉어가 고개를 끄덕였다.

"내가 아까부터 계속 얘기했잖아. 얼마 전에 돌아왔다고……"

그 말을 끝까지 듣지 않고 지훈은 뛰었다. 안방을 나가자, 거실 저편에 계단을 올라가는 아이들이 보였다.

"준기야!"

지훈이가 달려가 준기를 불렀다. 아이들의 시선이 뒤로 향했다. 동시에, 쿵쿵쿵쿵. 준기는 이 층에서 빠른 걸음으로 다가오는 발소리를 들었다.

"야, 도망쳐!"

준기가 소리치자, 계단에 있던 아이들이 일제히 소리를 지르며 달렸다. 우당탕탕. 발이 걸려 넘어진 현익을 지훈이가 부축했다. 어둑한 거실을 지나 투명한 비닐을 걷어내며 아이들은 쨍쨍한 햇빛으로 달렸다. 도망치는 발길을 붙잡는 수풀에 휘청거리며 준기는 뒤를 돌아봤다. 이 층 창가에 컴컴한 그림자가 아이들을 지켜보았다.

"준기야, 빨리."

차종이가 준기를 불렀다. 지훈이 준기의 시선을 쫓다가 집 옆에 선 여자를 흘깃거렸다. 여자로 둔갑한 잉어가 손을 흔들었다.

잘 가.

아이들은 비명을 내지르며 전력으로 철문까지 달렸다. 모두 다 나와서야 멈춰 숨을 헐떡였다. 차종이와 현익이는 그 자리에 주저앉았다. 나무에 가려진 집은 그 꼭대기만 겨우 보였고 주위는 고요했다.

"아! 죽는 줄 알았네."

"귀신이지?"

현익이의 질문에 차종이가 고개를 격하게 끄덕였다.

"아이씨, 오줌 쌀 뻔했잖아. 나 다신 이런 짓 안 할래."

투덜거리는 차종이의 뒤로 검은 그림자가 다가왔다. 얼굴에 그늘이 지자, 이상한 느낌에 고개를 돌린 차종이가 비명을 빽 내질렀다.

"네 이놈들!"

언제 왔는지 복숭아밭 주인아주머니가 양손을 허리에 올리고 있었다. 아이들이 후다닥 모였다. 어깨를 잔뜩 움츠린 채 아줌마의 눈치를 봤다.

"사유지에 들어가는 건 불법이야. 특히 오래된 빈집은 위험할 수 있어. 너희, 부모님께 여기 온다는 말 안 했지? 큰일 나면 어쩌려고!"

"잘못했어요."

아이들이 기어들어 가는 목소리로 말했다.

"아이고, 땀범벅인 것 좀 봐. 너희 밥도 안 먹었지? 아줌마 집에 가서 씻고, 밥 먹고 가. 내 이장님한테 걱정하지 마시라고 전화해 둘 테니."

"아아, 엄마한테 죽었다."

"한지훈!"

그날 밤, 아이들은 각자의 집에서 버드나무집에 간 것에 대해 혼이 났다. 지훈이도 예외는 아니었다. 이장 아저씨한테 소식을 들은 아빠는 집에 오자마자 엄숙한 표정을 지었다. 낮고 딱딱한 목소리로 지훈의 이름을 부르면 지훈은 저도 모르게 어쩔 줄 몰라 눈치를 살폈다.

"아빠가 위험한 곳은 가지 말라고 했지? 이번 일은 너희들이 잘못한 거야."

"네, 죄송해요. 잘못한 거 알아요."

"혼날 때만 존댓말이지. 대체 거긴 왜 간 거야?"

"그냥요."

차마 거짓말이 아님을 증명하러 갔다고 말할 수가 없었다. 그럼 무엇에 대한 거짓말인지, 왜 그렇게 말했는지 설명해야 했고 결국엔 마을 사람들이 자신과 아빠를 어떻게 생각하고 말했는지까지 얘기해야 했다. 아빠가 그 사실을 몰랐으면 했다. 상처받을 테니까.

가만히 지훈을 보던 아빠가 한숨을 내쉬었다.

"복숭아 농장 주인아주머니가 근처에 계셔서 다행이었지. 너희 비명을 듣고 달려가셨다는데, 얼마나 놀라셨겠니? 그리고 그 집에 뭐가 있을 줄 알고? 거기 가려고 아침에 귀신에 대해서 아빠한테 물어본 거야? 아빠는 동네엔 해 끼치는 귀신들이 없어서 얘기한 건데, 거기는……."

"잉어는 나쁜 짓하지 않았어."

"잉어?"

"버드나무 옆에 연못이 있었는데 거기 잉어가 사람으로 둔갑했어. 오래 살아서 그럴 수 있대. 아빠, 우리가 잉어 데려오면 안 돼? 친구들은 다 죽고 혼자 남았다는데, 연못은 냄새나고 그런 데서 잉어가 살기 어려워."

지훈이는 자신에게 종알거리다가 이내 시무룩해지는 잉어를 떠올렸다. 아빠 말대로 용기 내어 얘기를 들었더니 오랫동안 혼자 지냈을 잉어가 불쌍했다. 마치 마을에서 겉도는 자신 같았다. 그래도 지훈에겐 아빠와 준기네가 있지만.

"외로워 보였어. 준기와 애들 보면서 같이 놀 수 있냐고 기대했는데 내가 안 된다고 했더니 슬퍼했어. 같이 놀지는 못해도 혼자 그곳에 있게 두지 말아줘. 응?"

"하지만 지훈아. 그건 주인이 있어."

"아빠."

지훈이 떼를 썼다. 처음 있는 일이라 아빠는 당황했다.

"아무리 떼써도 주인이 있는 잉어를 함부로 가져오면……."

"주인 있어!"

"어?"

소쩍새가 우는 산 위로 무수한 별들이 반짝였다. 개구리가 우는 논을 지나 손전등 불빛이 과수원 길을 내달렸다. 밤이 되자 바람이 조금 서늘해졌다. 지훈이는 아빠 손을 잡고 손에 든 양동이를 달랑 달랑 흔들었다. 내딛는 발걸음이 가볍다.

냇가를 잇는 다리에서 아빠는 손전등을 지훈에게 건네고 자신은 양동이를 들어 다리 밑으로 내려갔다. 몇 주째 이어지는 가뭄에 냇물이 많이 줄어 있었다. 손전등이 비추는 물웅덩이에서 양동이에 물을 담은 아빠는 다시 다리 위로 올라왔다.

멀리서 기차가 철로 위를 달리는 소리가 들려왔다. 복숭아 농가에서 키우는 진돗개가 인기척을 느끼고 짖어댔다. 철문 앞에 선 아빠는 헛기침했다. 그리고 지훈을 내려다봤다.

"다시 한번 더 얘기하지만, 주인이 잉어를 내어주는 걸 거절할 수 있어."

"응."

"설득과 함께 잉어를 팔라고 할 텐데, 그 금액이 터무니없이 비싸면 아빠는 잉어를 살 수 없어. 알겠지?"

"응."

지훈이는 고개를 끄덕였다. 아이가 정말 이해했는지는 잘 모르겠으나 일단 아빠는 철문을 바라봤다. 그러다 다시 지훈을 봤다.

"그러나 아빠는 포기하지 않고 어떤 수든 써 볼 테니까, 너무 실망하지 마."

그 말에 지훈이가 아빠를 마주 봤다. 그리고 배시시 웃었다.

"응!"

"가자."

아빠와 지훈이는 철문을 지나 한참을 걸어 버드나무집 앞에 섰다. 이 층에서 미약한 불빛이 새어 나왔다. 아빠가 목소리를 가다듬었다. 지훈이와 맞잡은 손에 힘이 들어갔다.

"실례합니다."

아빠가 이 층을 향해 소리쳐 불렀다.

"계십니까?"

이 층에 켜졌던 불빛이 꺼졌다. 집 안 전체가 숨죽이는 듯했다. 지훈이는 집 안을 보다가 고개를 길게 빼 어둠에 잠긴 연못 쪽을 바라봤다. 금방이라도 어둠 속에서 잉어가 튀어나올 것 같았다. 큼큼. 헛기침한 아빠가 더욱 큰 소리로 말했다.

"멋대로 들어와서 죄송합니다. 나쁜 마음을 먹었거나 이상한 사람은 아닙니다. 저는 구룡리에서 묘지기 일을 하는 한영도라고 합니다. 낮에 저희 아이가 호기심에 이 집에 들어왔는데 사죄도 드리고 부탁도 드리고 싶습니다만 잠깐 뵐 수 있을까요?"

잠시 시간이 지나고 이 층에 다시 불이 켜졌다. 불빛이 점점 이동하더니 거실이 밝아지고 비닐을 걷으며 중년의 남자가 나왔다. 덥수룩한 머리에 듬성듬성 수염이 난 남자의 눈엔 여전히 경계하는 빛이 떠올랐다. 그가 아빠와 지훈을 봤다.

"뭡니까?"

"안녕하세요. 처음 뵙겠습니다. 낮에 제 아들과 친구들이 무례를 저질렀습니다. 죄송합니다."

아빠가 허리 숙여 사죄하자 지훈이도 꾸벅 허리 숙여 인사했다.

"죄송합니다."

"…… 아니, 뭘 또 이렇게까지 사과하시고. 애들이 그럴 수도 있죠."

당황한 남자가 손사래를 쳤다.

"잘못은 잘못이니까요. 주인이 계신 걸 알았다면 아이들 부모와 일찍 와서 사죄드렸을 텐데, 늦게 알아서 이 시간에 왔습니다. 늦은 방문 죄송합니다."

"아니요. 일을 크게 만들 생각은 없습니다. 당당히 내려온 것이 아니라서요. 아버님의 사과만으로도 충분합니다."

남자가 말했다. 아빠가 한시름 놨는지, 한숨을 내쉬었다.

"양해해 주셔서 감사합니다."

"근데 부탁은 또 뭔지……?"

"아이가 낮에 댁 연못에서 잉어를 보았다고 합니다."

"연못에 잉어요? 그럴 리가요. 오랫동안 관리하지 않아서 썩은 물이 되어버린 지 오래인데요. 그런 곳에 뭔가가 살 수는 없을 거예요."

"봤어요. 금색 잉어였어요."

지훈이 다급하게 소리치자, 남자가 놀랐는지 눈썹을 들었다.

"금색 잉어?"

"네, 다른 친구들은 죽었지만 혼자 살았다고……."

아빠가 지훈이의 손을 꼭 쥐고 급히 말했다.

"선생님 말씀처럼 잉어가 살기 힘든 환경이니 괜찮으시다면 제가 마을에 연못을 만들어 옮기면 어떨까 해서요."

"네?"

"다짜고짜 내놓으라고 하는 것 같아서 죄송합니다. 저흰 그냥 잉어가 혼자 있는 게 안타까워서요. 실례가 안 된다면 저희가 그에 맞는 값을 치르겠습니다."

남자가 연못 쪽과 아빠를 번갈아 쳐다보더니 손으로 자기 얼굴을 쓸었다.

"아닙니다. 그냥 가져가세요. 연못에 잉어가 살아있을 줄은 정말 몰랐고, 알았다 해도 제가 지금 어떻게 돌볼 여력이 없네요."

남자의 말에 지훈이 아빠를 보며 웃었다.

그들은 연못으로 갔다. 지훈이는 연못 주위를 손전등 불빛으로 비췄다. 혹시 잉어가 근처에서 사람으로 둔갑해서 숨어 있을지도 몰랐다. 찌르르 울어대던 풀벌레가 불빛에 뛰어올랐다. 지훈은 연못을 비췄다.

"잉어야! 어디 있어? 나와봐!"

흐릿한 빛에 비친 연못은 탁해서 낮은 수심인데도 그 속이 보이지 않았다. 날벌레가 날아올랐다. 아빠가 몸을 앞으로 내밀어 손전등을 이리저리 비추는 지훈을 안았다.

"위험하잖니. 물에 빠지면 어쩌려고."

"그러고 보니 저도 어릴 때 이 연못에 빠진 적이 있어요. 책 읽는데 정신이 팔려서 미끄러져 빠졌어요. 지금 봐도 수심이 깊지 않잖아요. 그때 아이였어도 서면 허벅지 정도? 근데 진짜 죽는 줄 알았어요. 당황도 했고, 수영을 못했거든요."

남자가 옛 기억을 떠올리며 아련한 듯 말했다. 잉어가 말한 내용이라 지훈은 아빠 품에서 계속 손전등을 이리저리 비췄다. 남자가 계속 말했다.

"어머니가 그러셨는데, 그때 제가 무슨 정신으로 창문에 돌을 던졌는데 그러지 않았다면 물에 빠져 죽었을 거라더군요. 이후에 감기를 심하게 앓았어요. 폐렴까지 갔으니. 삼대독자가 죽을 뻔했다고 다신 여기로 발걸음도 안 하셨어요. 저도 잊고 있었고. 그런데 힘든 일이 생기니 여기가 제일 먼저 생각나더라고요. 어엇, 저기!"

남자는 자신의 손전등으로 반대편 구석을 비췄다. 모두의 시선이 불빛으로 향했다. 바람에 이는 물결에 희끄무레한 무언가가 흔들렸다.

아.

남자가 짧은 탄식을 내뱉으며 그곳으로 갔다. 그 앞에서 허리를 숙여 손을 물속에 넣었다. 그리고 조심히 그것을 꺼냈다. 손길에도 전혀 미동이 없었다. 딱 보기에도 비늘이 많이 상한 금색 잉어는 죽었다.

"으앙!"

그 모습에 지훈이가 울음을 터트렸다. 처음으로 마음을 열었던 존재였다. 기억 속의 잉어가 자신을 향해 손을 흔들었다. 이럴 줄 알았다면 그렇게 두지 말걸. 말이라도 해 둘걸. 같이 놀지는 못하지만, 꼭 데리러 오겠노라고.

"안타깝군요. 제가 빨리 알아차렸다면 좋았을 텐데."

우는 지훈을 보며 남자가 미안한 표정을 지었다. 아빠가 지훈이의 어깨를 토닥였다.

"어쩔 수 없는 상황이었지 않습니까. 여러모로 이해해 주시고 애써주셔서 감사합니다. 저희는 그만 가보겠습니다. 밤늦게 폐를 끼쳤습니다."

"마을까지 가셔야지요? 제가 모셔다드리겠습니다."

"아닙니다. 너무 늦었는데."

"늦었으니 더 타고 가셔야죠. 아이도 울고 그래서 제가 마음이 편치 않습니다. 밑에서 잠시만 기다리세요."

남자는 허겁지겁 집 안으로 들어갔다. 아빠는 지훈을 안고 다독이며 걸었다.

"괜찮아. 지훈아, 그만 울어. 그 잉어는 갈 곳으로 간 것이니. 그곳에서 더는 외롭지 않을 거야."

"잉어가 홀로 외로웠을 걸 생각하면 너무 속상해. 내가 좀 더 얘기를 들어줘야 했는데."

"지난 과거가 슬픈 건 맞아. 하지만 그 외로움 끝에 주인이 돌아왔고, 오늘 너를 만나서 잉어는 기뻤을 거야. 그러니까 조금만 울자. 하늘로 간 잉어에게 잘 가라고 웃어줘야지."

지훈이는 아빠의 가슴팍에 얼굴을 묻었다. 그 품에서 익숙한 밤의 냄새가 났다. 차가 다가왔다. 아빠가 조심스레 지훈을 뒷좌석에 태우고 그 옆에 앉아 차 문을 닫았다. 차가 얼마 동안 움직이다가 멈췄다. 남자가 내려 철문에서 사슬을 풀어 문을 활짝 열었다.

다시 돌아온 남자가 차를 운전했다.

“사업이 망해서 이곳으로 숨어든 지 며칠 안 되었습니다. 솔직히 그동안 사람한테 시달려서 오늘 아이들이 집에 들어왔을 땐 무척 화가 나더군요. 그런데 곰곰이 생각해 보니 집 같지 않은 집을 집이라고 들어앉은 제 꼴이 웃기더라고요. 게다가 아버님이 저를 깍듯하게 대해주셔서……. 아니, 깍듯해서 좋았다는 게 아니라, 진심이 담겨 있어서 좋았습니다. 감사합니다.”

“엎어진 김에 쉬어간다고 생각하면 되지 않겠습니까. 외관은 비록 낡았으나 그 집은 선생님께 마음의 휴식처일 테니까요. 큰 도움은 드리지 못하겠지만 도움이 필요하시면 저나 이장을 찾아오세요. 도와드리겠습니다.”

“말씀만으로도 감사합니다.”

차는 어느새 집 앞에 도착했다. 아빠가 먼저 차에서 내렸다.

“아저씨.”

여전히 울음 섞인 목소리로 지훈이 남자를 불렀다.

“어, 그래.”

“버드나무 있잖아요. 거기 돌이 있는 곳을 보세요. 거기에 뭐가 있어요.”

"응?"

"데려다주셔서 감사합니다."

지훈은 인사를 하고 차에서 내렸다.

철문을 사슬로 걸어 잠근 남자는 달려드는 모기를 내쫓으며 연못으로 향했다. 손전등으로 발밑을 비췄다. 수풀에 맺힌 이슬이 바짓단을 적셨다. 연못에 도착한 남자는 가만히 어둠에 잠긴 연못을 내려다봤다.

어렸을 때 이곳에서 시간을 보내던 기억이 났다. 천식 때문에 시골로 왔지만, 딱히 할 일이 없는 따분한 시간의 연속이었다. 연못에서 비단잉어들이 유영하는 모습을 지켜보는 게 유일한 재미였다. 그는 그 옆에서 책을 읽거나 색색의 잉어 하나하나에 이름을 지어주기도 했다. 그리고 말을 걸기 시작했다.

'안녕, 빨강아! 오늘도 황금이 괴롭혔니? 친구들끼리 싸우고 그러는 거 아니야. 친구! 나에게도 친구가 있었다면 얼마나 좋을까. 그래 오늘부터 내 친구들은 너희야!'

남자는 연못을 둘러싼 돌 위로 올라갔다.

'여기쯤이었나?'

미끄러져서 연못에 빠졌던 곳이. 흙탕물이 이는 연못 속에서 어떻게든 일어서려고 했으나 몸이 말을 듣지 않아서 무척 당황했었다. 꿀꺽꿀꺽 입 안으로 들어가는 연못 물에 공포감을 느꼈다. 그때

뿌연 시선에 황금빛 잉어가 다가와 자신을 빤히 보던 기억만큼은 생생했다.

남자는 돌 위에 올려둔 잉어 사체를 쳐다봤다. 불빛에 닿은 금색 비늘이 본연의 색을 잃어 칙칙했다. 설마 어릴 때의 황금이일까? 그럴 리가. 30년이나 지난 과거였다.

그래도 남자는 다가가 잉어 사체를 들고 버드나무로 갔다. 지훈이라고 했나? 그 아이가 말한 정원석 앞에 섰다. 이곳에 뭐가 있기에 찾아보라는 건지 궁금했다. 두 개의 커다란 정원석을 비추다가 포개진 틈을 비출 때였다. 뭔가가 있긴 있었다.

수풀에 가려져 잘 보이지 않아, 풀을 밟고 안을 들여다봤다. 사과 상자 크기의 나무 상자가 깊숙이 자리했다. 허리를 숙여 상자를 꺼냈다. 흙먼지를 잔뜩 뒤집어썼지만, 바위 속에 있어서 크게 상하지는 않았다. 그저 세월에 색이 바랬고 나무 표면이 일었다. 기억났다. 그것은 장난감을 넣어두던 상자였다. 잊어버렸다고 생각하고, 까맣게 잊고 있었는데.

뚜껑을 열었다. 희뿌연 빛이 그 안을 비추자, 남자의 눈이 커졌다. 그곳엔 어릴 때 읽던 책들이 켜켜이 쌓여 있었다.

"아니, 이게 어떻게 여기에 있지?"

자신이 여기다 둔 기억은 없었다. 그렇다고 부모님이나 집안일을 도와주시는 분들도 아니었다. 책들을 펼쳐 들며 그 옛날 사랑했던 이야기들을 떠올렸다. 연못 앞에서 그 책들을 읽던 그날로 돌아간 것 같았다. 너무도 그리운 꿈 많던 어린 시절로. 차오르는 눈물 너머 죽은 잉어가 맺혔다. 남자는 상자를 끌어안고 눈물을 흘렸다.

한참 뒤, 남자는 상자를 엎어 책들을 쏟아 내고 그 안에 잉어를 넣었다. 그리고 버드나무 앞에 땅을 파 상자를 묻었다. 코를 훌쩍이며 하늘을 올려다봤다. 축축한 밤공기에 참았던 숨을 몰아 쉬었다.

"그래, 엎어진 김에 잠시 쉬었을 뿐이야."

버드나무잎 사이로 별이 반짝였다.

5

또 우익 할아버지가 오셨다. 먼 친척뻘이라고 하지만 현익이는 그 할아버지가 싫었다. 매번 소리 지르고 잘못한 것도 없는데 혼내기만 하고. 할머니와는 어릴 적부터 친구여서 종종 가족과 함께 저녁을 먹었다. 그럴 때마다 엄마를 뺀 어른들은 막걸리를 드셨다.

"글쎄, 어제 현익이가 버드나무집에 갔었다지 뭐예요."

엄마가 어제 있었던 일을 얘기했다. 다른 때와 장소도 있는데 하필이면 지금 또 그 얘기를 할까. 현익이네 가족은 다 아는 얘기이니 이건 우익 할아버지에게 알리는 것이었다. 어제 할머니부터 부모님에 누나한테까지 혼날 만큼 혼났고 반성하고 있었는데 할아버지한테까지 혼나게 생겼다.

"이놈 자식 한 번만 더 그런 위험한데 가 봐. 아주 집 밖으로 못 나가게 할 테니까."

아빠가 험상궂은 표정을 지으며 말했다.

"뭐 애들이 궁금해서 그럴 수도 있지. 나 어릴 땐 저 나이에 혼자 호랑이 나온다는 산에 가서 나무도 하고 그랬어. 애들한테 온 산이 놀이터고 안방이지."

막걸리를 마시던 할아버지가 웬일로 현익을 두둔했다.

"쯧쯧, 남의 손주라고 설렁설렁 말하기는. 옛날하고 지금 하고 시대가 많이 바뀌었어, 이 사람아. 단속할 건 단속 해야지."

"단속은, 사내가 하고 싶으면 해야 하는 거야. 어디서든 자신감을 가지게. 왜, 애 기를 죽여?"

할아버지의 말에 현익이 앞에 있는 누나가 입술을 삐죽였다. 현익이는 누나가 왜 저런 표정을 짓는지 알았다. 그놈의 사내, 사내, 사내. '세상은 사내가 중심'이라는 논리에 누나는 거부감을 느꼈다.

"잘못하면 혼나야 다시는 그 일을 안 하지. 그렇게 인간이 바로 서는 거야. 오냐오냐 다 받아주면 네 놈 머리 꼭대기에 앉으려 할걸."

할머니의 말에 할아버지가 버럭 소리쳤다.

"너 지금 내 자식 얘기한 거냐?"

"너는 내 손주 데리고 얘기 안 하냐?"

"아이고, 두 분 다 그만 하세요. 이러다 또 싸우시겠네."

아빠의 중재에 두 사람은 서로를 노려보고 말았다.

"근데, 너 또 묘지기 아들놈이랑 거기 가고 그랬어?"

막걸리를 마시던 할아버지가 현익이에게 물었다.

"…… 네."

탁. 할아버지는 막걸리 잔을 내려놓고 못마땅한 표정을 지으며 혀를 끌끌 찼다.

"저게 문제야, 문제. 내가 누누이 그런 정신이 나간 놈이랑 놀지 말라고 했거늘. 위험한 곳에 갔다고 혼낼 게 아니라 그놈이랑 놀았다고 혼내야지!"

현익이는 할아버지의 말에 입술을 삐죽였다. 준기가 멱살을 잡고 하던 말이 떠올랐다.

"그동안 지훈이랑 놀고서도 그런 말이 나와?"

콧구멍이 커졌다가 작아졌다. 그런 현익이의 표정을 보며 누나가 웃었다.

할머니가 들고 있던 젓가락을 식탁에 내려놨다.

"또, 또 시작이다. 내가 보기에 멀쩡한데 왜 그 애를 못 잡아먹어서 안달이야?"

"그건 네 눈이 흐려져서 그렇지. 걔 정신병인 거 온 동네 사람이 알아!"

"아니야!"

현익이가 버럭 소리쳤다. 모두가 놀란 시선으로 현익을 봤다.

"지훈이 나쁜 애 아니야. 정신병 아니라고! 내가 놀리거나 버드나무집에 가자고 했어도 싫다고 한 적 없어. 위험하게 내가 넘어졌는데 먼저 손 내밀어 주고 일으켜 준 착한 애란 말이야. 같이 놀면 얼마나 재밌는지 할아버지는 몰라서 그렇게 나쁜 말을 막 하는 거야. 걔는 그저, 그…… 숫기가 없는 것뿐이야! 그러니까 내 친구 욕

하지 말아요!"

씨근덕거리던 현익이가 밖으로 뛰쳐나갔다.

"저, 저, 어린놈이……."

뒤에서 말을 잇지 못하는 할아버지와 이어 할머니의 감탄하는 목소리가 들렸다.

"아이고 내 손주, 말 참 기깔나게 잘하네."

지훈이는 아빠에게서 준기네로 오라는 전화를 받았다. 수화기 너머로 주위에서 왁자한 소음이 들렸다. 전화를 끊고 지훈이는 힘없이 집을 나섰다. 아직도 잉어의 죽음에 대한 슬픔을 떨치지 못해 떨어지는 나뭇잎에도 코끝이 찡했다.

어스름한 주위에 홀로 길을 걸었다. 어디선가 나무 태우는 냄새가 났다. 바닥만 보고 걷다가 이상한 느낌에 고개를 들었다. 어느새 우물에 이르렀는데 한 아이가 우물 위에 앉아 있었다. 지붕 때문에 그림자가 져서 모습이 잘 보이지 않았지만, 지훈이의 기척에 아이가 그 위에서 뛰어내렸다. 지훈이는 드디어 우물귀신이 그 안에서 나온 줄 알고 그 자리에서 기절할 뻔했다.

"어디 가냐?"

현익이었다. 여전히 심장이 쿵쾅쿵쾅 뛰어 대는 가슴을 누르며 지훈이가 물었다.

"여기서 혼자 뭐해?"

현익이가 어깨를 으쓱였다.

"그냥, 집 나왔어."

"그래. 그럼, 준기네로 가자."

"응."

지훈이 앞장서자, 현익이가 따라왔다. 잠시 침묵이 흘렀다. 지훈이는 현익이의 눈치를 살폈다. 무슨 일이 있었길래 저렇게 힘이 없나 싶었다.

"너 그거 알아?"

대뜸 현익이가 말을 꺼냈다.

"뭐가?"

"우리 할머니가 그러는데 옛날에 여름이 오면 마을에서 저 우물에 제사를 지냈대. 원래는 정월에 풍년을 기원하며 용신에게 제사를 올렸는데 점점 물이 말라가니까 물이 마르지 않길 바라며 여름에도 지냈대. 여름에 아무래도 물을 많이 쓰니까."

지훈이는 오늘따라 똑똑해 보이는 현익이가 낯설었다. 갑자기 왜 그러지? 머리를 긁적이던 현익이 계속 말했다.

"그러니까 할머니는 그곳에 고마운 용신이 산다고 했으니 무섭지는 않지 않을까 하고 생각해 봤어."

지훈이 걸음을 멈췄다. 현익이의 말에 제법 그럴듯한 생각이 났다.

"네 말이 맞을지도 몰라!"

현익이의 어깨를 붙들고 지훈이 소리쳤다. 그리고 뛰기 시작했다. 나름대로 사과의 말로 우물은 무섭지 않다고 얘기하던 현익이는 당황했다. 무슨 영문인지 모르지만, 그 뒤를 쫓아갔다.

지훈이는 준기네로 곧장 달려갔다. 현관문을 열자, 거실에 청년회 아저씨들이 모여 술잔을 기울이고 있었다. 그 속에 지훈 아빠가 아들의 등장에 손을 들었다.

"지훈아!"

그러나 지훈은 준기 방으로 뛰어 들어갔다. 뒤늦게 온 현익이가 아저씨들에게 인사하고 방으로 들어갔다. 우하하하. 방문 너머로 아저씨들의 왁자한 웃음소리가 들렸다.

"왔냐?"

방 안에선 준기와 차종이가 게임을 하고 있었다.

"준기야, 너 우물 열쇠 어디 있는지 알지?"

"히익!"

지훈의 그 말이 정확히 어떤 의미인지는 몰라도 대충 열쇠를 찾으면 열겠다는 뜻이라는 걸 알아챈 차종이가 기이한 비명을 질렀다.

"어, 알지. 왜?"

눈치 없는 준기가 해맑게 되물었다.

아이들이 우르르 방에서 나와 현관으로 갔다.

"지훈아, 밥 먹어야지."

"나중에."

신발을 신고 다급히 외친 지훈이 아이들을 따라 밖으로 나갔다.

아빠는 옆자리에 앉은 이장을 바라봤다. 서로 눈빛을 교환한 두 사람은 슬그머니 자리에서 일어났다.

창고에서 우물을 잠근 자물쇠의 열쇠를 찾는 준기를 보며 차종이가 발을 동동 굴렀다.

“야아, 어제 혼났는데 또 사고를 치냐. 현익이 너도 애들 좀 말려라.”

밖에서 망을 보던 현익이 차종을 봤다.

“어차피 집에 들어가면 혼날 거, 사고 하나 더 치지 뭐.”

차종이가 눈을 가느스름하게 떴다.

“너 또 뭔 사고 쳤냐?”

“있어, 그런 거.”

“찾았다.”

준기가 열쇠 꾸러미에서 우물이라고 적혀있는 열쇠를 뺐다. 그리고 창고 밖으로 나오면서 선반에 있는 손전등 두 개를 들고나왔다. 아이들은 가로등을 지나 우물을 향해 걸어갔다. 손전등을 받은 현익이도 불을 켜 가로등 불빛이 닿지 않는 길을 비췄다.

우물가로 우르르 들어간 아이들 앞에서 준기가 지훈에게 손전등을 건네고 자물쇠를 잡았다. 녹슨 자물쇠를 열려고 했지만, 열쇠가 잘 돌아가지 않았다. 힘이 센 현익이도 준기 대신 열쇠를 돌리기 시작했다.

"근데 대체 왜 우물 뚜껑을 열려고 하는데?"

"궁금해서."

차종의 질문에 지훈이가 대답했다. 차종이가 고개를 갸웃거렸다.

"뭐가? 우물물이 정말 말랐는지 그게 궁금해?"

딸깍. 자물쇠가 열렸다. 이왕 일이 이렇게 된 마당에 제일 먼저 그 안을 보겠다고 차종이는 아이들 틈으로 뛰어갔다. 그렇게 잔뜩 기대하며 녹이 슨 뚜껑을 열 때였다.

"네 이놈들!"

이장 아저씨의 호통에 아이들이 화들짝 놀랐다. 언제 왔는지 가까이에 이장 아저씨와 지훈 아빠가 서 있었다. 준기가 뒤늦게 자물쇠를 뒤로 숨겨보지만 이미 늦었다.

"혼난 지가 언제라고 또 사고 치려는 거야? 머리 커졌다고 사고도 크게 치는 거야?"

"저흰 그냥 보기만 하려고 했어요. 정말 물이 있는지 없는지."

"궁금하다고 해서 모든 걸 너희 마음대로 할 수 있는 게 아니야! 자물쇠 이리 내!"

이장 아저씨가 크게 화를 냈다.

"잘못했어요."

어깨를 늘어트린 준기가 자물쇠를 건네려고 할 때였다. 퉁퉁. 뭔가가 철판 문을 두드렸다. 지훈이는 고개를 들어 아빠를 봤다. 아빠도 그 소리를 들었는지 우물을 봤다. 퉁퉁. 다시 소리가 들렸다. 지훈이는 손을 뻗어 자물쇠를 쥔 준기의 손을 잡았다.

"제가 그러자고 했어요. 죄송해요, 아저씨. 제가 애들 대신 벌 받을 테니까. 한 번만 이 안을 보여주시면 안 될까요?"

지훈이 간절하게 부탁했다. 고민되는지 이장 아저씨가 지훈 아빠를 쳐다봤다.

"한 번쯤은 괜찮겠지."

지훈 아빠가 우물을 덮은 철판을 붙들었다.

"대신 다음엔 꼭 충동적으로 위험한 일은 하지 않는 거다."

아이들이 고개를 끄덕였다. 다짐받은 지훈 아빠는 이장 아저씨를 바라봤다.

"뭐해? 안 들고."

"그래그래. 나만 나쁜 어른이지."

어른들이 힘을 합쳐 철판을 들었다. 날카로운 소음에 귓구멍이 간지러웠다. 아이들의 시선이 철판이 사라진 우물 속으로 향했다. 어둠이 웅크린 곳이 잘 보일 리 없었다. 휘휘. 우물 속에서 이상한 소리가 들렸다. 차종이가 두려움에 침을 꼴깍 삼켰다.

지훈 아빠가 아들의 손에 있는 손전등을 받아 들고 안을 비췄다. 빛줄기가 우물 안을 비췄다. 아이들이 발끝을 들어 일제히 그 안을 보았다.

"물이 있다!"

마른 우물을 생각했던 준기가 소리쳤다. 우와! 감탄을 내뱉는 아이들의 목소리가 웅웅 울렸다. 손전등 불빛에 닿는 물이 반짝반짝 빛났다.

'뭐가 두드린 거지?'

지훈이 우물 안을 세심히 관찰했다. 상체를 밀어 넣다가 놀란 아빠가 아들의 허리를 붙들었다. 그때 저 밑에서 차가운 바람이 불어왔다. 머리카락이 휘날리고 옷깃이 나부끼기 시작했다. 지훈이는 물에 비친 불빛이 점점 커지는 걸 보았다.

"우, 우왓! 아, 아빠!"

빛이 치솟았다. 그것이 아주 빠른 속도로 올라와서 놀란 지훈이 버둥거리자, 아이를 안으며 아빠가 물러났다. 이장 아저씨와 다른 아이들도 물러나며 강한 바람에 눈을 가렸다. 빛기둥이 얄팍한 지붕을 뚫고 하늘 위로 올라갔다. 바람을 따라 올라온 물방울들이 튀어 올랐다. 주위를 에워싼 벼들이 바람에 몸을 눕혔고 나뭇잎들이 몸을 떨었다. 한바탕 요란한 와중에도 하늘로 올라간 그것의 끝자락이 밤하늘로 사라질 때까지 지훈이와 아빠는 한참을 올려다봤다.

"너희들 괜찮니? 막혔던 바람이 나왔나 보다."

아이들을 끌어안은 이장 아저씨가 아이들을 봤다. 먼지에 눈을 비비던 아이들이 키득거리기 시작했다.

"짱 멋지다!"

"응! 우물이 방귀 뀐 것 같았어."

하하하하.

그 말에 누가 먼저랄 것도 없이 함께 웃었다.

다음 날, 내내 가물었던 하늘에서 비가 내렸다.

5

“너희들 악마의 잘린 왼손에 대해서 들어봤어? 그 손은 원래 유럽에서 떠돌면서 사람들을 목 졸라 죽인대. 그 손아귀의 힘이 얼마나 센지 벗어날 수가 없대. 그런데 그 손이 이번에 한국으로 왔대. 어떤 사람이 외국에서 소포가 와서 그걸 뜯어봤더니 손이 그 안에 있었대. 그 손은 어마어마하게 크고 살가죽이 뼈에 검게 말라붙었는데 손이 움직일 때는 엄청 빨라서 보이지도 않는대.”

여름방학의 마지막 밤. 아이들은 마을회관 앞에 앉아서 무서운 이야기를 하는 현익이의 말에 귀 기울였다. 준기가 입을 열었다.

“야! 그럼, 그 사람은 왜 안 죽었냐?”

이제는 유럽에서 온 악마의 손까지 상대해야 한단 말인가? 믿어지지 않아서 준기는 눈을 질끈 감았다. 경찰 아저씨들이 그것을 잡을 수 있을까? 또 악마의 손은 어떻게 처치해야 하는가? 아, 방학이라고 수련은커녕 놀기만 했는데 악의 무리는 끊임없이 나타나는구나.

"알아서 잘 빠져나왔으니, 얘기가 퍼진 거겠지."

현익이가 또 초를 치는 준기에게 발끈했다.

"화내지 말고 계속 얘기해 봐. 그래서 어떻게 됐대?"

차종이가 어르고 달래서 이야기가 다시 시작됐다.

지훈이는 주황빛이 감도는 느티나무 가지에 매달린 여자 귀신을 바라봤다. 빠드득빠드득. 머리카락 사이로 창백한 얼굴이 드러났다. 귀신이 눈을 떴다. 지훈이는 가만히 귀신을 바라봤다. 그리고 귀신에게 손을 흔들었다. 지난날, 잉어가 자신에게 했던 것처럼. 놀라자빠질 줄 알았지만 그러지 않자, 김이 샌 귀신이 나무에서 내려왔다. 그리고 터덜터덜 그녀의 집이 있는 공동묘지로 향했다.

"가자!"

어둠이 깃든 마을 길을 달려 아이들이 하나둘 자신들의 집으로 들어갔다.

"내일 학교 끝나면 거기서 봐!"

"그래!"

한바탕 왁자했던 소란이 가라앉았다. 다시금 밤의 마을엔 바람에 스치는 잎새 소리와 풀벌레 소리 그리고 소쩍새 소리로 가득 찼다.

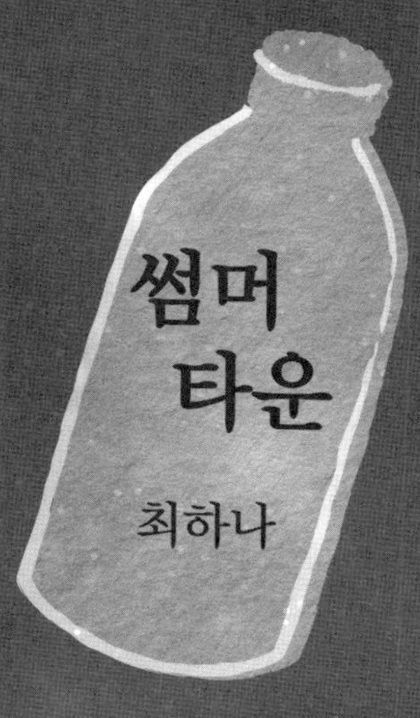
썸머 타운
최하나

1

연서는 창밖으로 펼쳐지는 아름다운 풍경에도 눈길을 주지 않은 채 부루퉁한 표정으로 앉아 있었다. 이렇게 10시간은 더 가야 하는데 화가 난 마음은 영 풀리지 않아 불편한 여정이 될 듯싶었다. 헤드폰에서는 신이 나는 케이팝이 한창 흘러나오지만, 몸은 여전히 뻣뻣하게 굳어 박자를 전혀 맞추고 있질 않았다.

'내가 언제 이딴 거 가고 싶댔어?'

연서는 내내 그 생각뿐이었다. 원래 이번 여름은 중학교 3학년에 올라가 같은 가수를 좋아하게 된 친구들과 덕질에 집중할 생각이었다. 학기 중에는 가지 못했던 콘서트도 가고, 행사도 뛰려 했다. 하지만 엄마의 등쌀에 모든 것이 어그러졌다. 연서는 한국말도 서투를 꼬맹이 시절부터 캐나다에서 살다 온 이모에게 과외를 받았다. 덕분에 학교에 들어가서는 내내 시험공부 한 번 따로 하지 않아도 백 점을 놓치지 않았다. 초등학교 5학년 때 이미 고등학교 1학년의 독해 실력과 어휘량을 지니고 있었다. 친구들은 그런 연서를 부러워했다. 그리고 그런 그녀에게 늘 어려운 영어 문제를 묻고 도움을 청하곤 했다. 전교에서 영어 천재로 통하는 터라 친구를 사귀는 것은 어렵지 않았다. 친하지 않은 아이들로부터 같이 팀을 짜서 영어 토론대회를 나가자는 제안도 여러 번 받았다. 하지만 연서는 그 모든 게 심드렁하기만 했다. 자신의 영어 실력은 어릴 때부터 정당하게 누렸어야 할 모든 가외 활동을 포기한 대가였고, 그래서 억울한 마음이 있었기 때문이다. 이번 방학만큼은 꼭 자신이 원하는 것만 하며 보내리라 다짐했다. 하지만 그건 엄마의 큰 그림 앞에서 무너져 내렸다.

"연서야, 너 복 받은 줄 알아. 이번에 엄마가 캠프 보내줄게."

"뭐야, 싫어. 무슨 캠프를 가?"

"아니 왜 좋지 뭐가 싫어. 가서 친구들도 사귀고 영어도 공부하고 해외여행도 하고. 네 돈 하나 안 들여서 가는 건데. 남들은 가고 싶어도 못 가요."

"싫어. 안 가. 친구는 여기도 많아. 해외 관심 없어. 엄마나 가."

"얘가 사춘기인가. 왜 이래. 가. 이미 엄마가 신청해놨어."

"왜 엄마 맘대로 그런 걸 결정해? 나한테 허락받아야 하는 거 아니야?"

"허락? 무슨 허락? 아이코, 애써서 키워놨더니 내가 이제 너한테 허락받아야 한다는 거지? 그렇지?"

엄마는 빈정대며 화를 가라앉히지 못하고 있었다. 이러다간 더 큰 실랑이로 번질 것 같아 연서는 물러서기로 했다. 맞벌이하는 엄마 아빠는 늘 바빴다. 특히 엄마는 새벽같이 일어나서 연서와 아빠의 아침을 차려주고 퇴근 후에는 집안일까지 도맡아 했다. 연서가 가끔 일을 도우려 해도 엄마는 그 손을 잡고 말했다. 공부에만 전념하라고, 그게 도와주는 일이라고. 엄마가 할 테니까 신경 쓰지 말라고. 그런 희생을 봐왔기 때문에 결정적인 순간에 늘 엄마에게 질 수밖에 없었다. 이번에도 그렇게 흘러갈 것이 분명했다. 연서는 결국 입을 꾹 다물고 방 안으로 들어가 자신의 불만을 표현했다. 하지만 결국 5주 캐나다 영어 캠프를 떠나게 되었다. 두 개의 캐리어를 싣고 공항으로 나서는 길에도 연서는 화가 풀리지 않아 단 한마디도 하지 않았다. 하지만 엄마는 개의치 않았다. 결국은 자신의 말을 들어줄 착한 딸이라는 걸 알았고, 자신도 딸의 인생을 위해 모든 걸 기꺼이 포기하는 알파맘이라는 걸 알았기 때문이었다.

"저희 비행기는 이제 곧 밴쿠버 국제공항에 착륙할 예정입니다. Ladies and Gentle men……."

연서는 그제야 눈을 뜨고 헤드폰을 벗어 창밖을 바라봤다. 바다와 낮은 지붕의 건물들이 눈에 들어왔다. 햇살은 눈이 부실 정도로 밝고 환했다. 동화 속 한 장면이라는 생각이 들 정도로 아름다운 풍경이었지만 연서는 이내 다시 눈을 감고 헤드폰을 썼다.

'왜 아무도 없지?'

공항 밖으로 나왔지만, 연서를 데리러 오기로 한 캠프 담당자는 보이질 않았다. 김연서라는 이름이 적힌 피켓을 들고 까만 상의에 짙은 색 청바지를 입고 있겠다고 했다. 혹시라도 자신이 놓친 게 아닌가 싶어 연서는 다시 한번 찬찬히 둘러보았지만, 그런 사람은 없었다. 피켓을 들지 않을 수도 있겠다 싶어 비슷한 차림새를 찾아 훑어보았지만 흰 티에 반바지를 입거나 반팔 점프슈트를 입은 사람뿐이었다.

'뭐야……. 어쩌지, 이제?'

그렇게 연서는 두 개의 큰 여행 가방을 든 채로 섰다. 그때 어떤 나이 지긋한 어르신이 다가와 연서의 어깨를 쳤다. 연서는 깜짝 놀라 뒤를 돌아보았다. 다정한 푸른색 눈동자가 소녀를 바라보며 말했다.

"무슨 일 있니?"

영어로 자신에게 괜찮냐고 물어오는 질문에 연서는 어깨를 으쓱하며 어릴 때부터 닦아온 유창한 영어 실력으로 답을 했다.

"데리러 오기로 한 사람이 안 보여서요."

"연락처는 모르고?"

"연락처는 사무실 전화번호뿐인데……."

"그럼 일단 저쪽에서 앉아서 기다려 봐."

"네……."

할머니가 가리키는 쪽에는 작은 카페가 하나 있었다. 테이블은 단 두 개. 대부분은 물이나 음료를 사러 들르는 듯했다. 할머니를 따라 연서는 캐리어를 끌고 나섰다. 그때였다. 누군가 연서의 등을 살짝 쳤다. 놀라 뒤를 돌아보니 아주 키가 큰 외국인 남자가 서 있었다.

"혹시, 코리아?"

"아, 맞아요."

금발의 곱슬머리를 한 청년은 180센티미터가 훌쩍 넘어 보였다. 흰 티에 살짝 비친 실루엣은 제법 단단하게 근육이 잡혀있었다. 활짝 웃는 통에 경계심이 누그러졌다. 그는 갑자기 연서를 덥석 안고 어깨를 두드려 주었다.

"멀리서 오느라 많이 힘들었죠?"

당황해 엉덩이를 뒤로 반쯤 뺀 상태로 엉거주춤하게 안긴 연서는 그 말에 갑자기 눈에 눈물이 찔끔 나오는 걸 느낄 수 있었다. 연서 옆에서 가만히 이 상황을 지켜보던 낯선 할머니는 그녀에게 낯선 병 하나를 건네주었다.

"갈 동안 목마를 텐데 이거 마셔요."

연서는 고맙다는 표시로 눈인사를 해 보이고 음료를 받아 마셨다. 달콤하면서도 은은한 향내가 좋았다. 눈이 번쩍 떠지는 그런 느낌이었다. 연서는 그 맛에 놀라 다시 한번 병을 확인해봤지만 별다른 표시는 없었다. 아마도 우린 차일 거라고 생각하며 그걸 들고 낯선 남자를 따라 공항 밖으로 나섰다.

"여기서 한 3시간쯤 걸려요. 피곤할 텐데 눈 좀 붙여도 돼요. 도착하면 바로 소개할게요."

그 말에 웬일인지 긴장감이 눈 녹듯 녹아내리는 기분이었다. 그렇게 처음 본 남자의 조수석에 앉아 차창에 고개를 기댄 채 잠이 들었다. 천사의 품에 안긴 것만 같은 기분으로 깊이 잠에 빠져들었다. 그리고 얼마나 지났을까? 남자가 연서의 어깨를 흔들어 깨웠다.

"도착했어요. 여기에요, 여기."

밴쿠버 국제공항에 도착했던 시각은 오후 4시. 차를 타고 이동한 탓에 날은 아주 어두워져 있었다. 하지만 여름이라 사위를 구분하지 못할 정도는 아니었다. 연서는 얼떨떨한 기분으로 차에서 내려 그가 꺼내주는 캐리어를 다시 들고 따라나섰다. 그리고 그제야 자신이 어디에 와 있는지 실감할 수 있었다. 허공에 떠 있는 온갖 풍선들. 그리고 입구에 '웰컴'이라고 쓰여있는 네온사인. 낯설지만 흥겨운 재즈 음악. 게다가 타운 전체가 무슨 행사장이라도 된 듯이 번쩍거리는 빛을 내뿜고 있었다. 순간 연서는 깜짝 놀라 손을 입가에 대고 멈춰 섰다.

"괜찮아요? 왜요? 어지러워요? 시차 때문이에요?"

"……."

연서는 그 순간 아무런 대답도 할 수 없었다. 자신을 마치 온몸으로 환영한다고 말해주는 것 같은 모습에 꽁꽁 얼어 있던 마음이 녹아내렸기 때문이었다. 잠시 마음을 추스르고 괜찮다는 표시를 해 보인 뒤 그를 쫓아 캠프가 열린다는 마을 안으로 따라 들어갔다.

"헤이~."

"와썹!"
"고생했어."
"이 친구야?"
금발 머리 청년의 이름은 제프인 듯했다. 그가 연서를 데리고 입구 안으로 들어서자 각기 다른 자리에서 일하고 있던 사람들이 돌아보며 반갑게 인사를 건넸다. 연서도 눈인사로 인사를 대신했다.
"네가 그 코리아에서 온다는 애구나?"
"네? 네……."
"잘 부탁해. 제프가 담당자니까 궁금한 거 있으면 물어보고. 친절한 친구라 잘 도와줄 거야."
빨간 단발머리의 여자는 그 말을 하며 한쪽 눈을 찡긋해 보였다. 연서는 적극적인 표현에 어쩔 줄 몰라 대답도 제대로 하지 못하고 고개만 끄덕이다 제프 뒤를 따라 얼른 발걸음을 옮겼다. 그녀의 말대로 제프는 친절했다. 가는 길 골목골목을 보여주고 사람들을 소개해 줬다.
"여긴 아이스크림 전문 도로시."
"어이, 내가 무슨 아이스크림 전문이야. 잠시 일 봐주는 것뿐이라고. 나는 원래 자전거 담당이야. 혹시라도 마을 투어 하고 싶으면 찾아와. 알았지?"
"그리고 여기는 우리의 식사를 책임질 카페테리아. 솔직히 맛은 별론데 배고프면 먹을 만해. 따로 레스토랑이 없어서 웬만하면 여기서 식사하는 게 좋을 거야."

제프가 가리킨 곳에 몇몇이 앉아 커피를 마시며 이야기를 나누고 있었다.

'여기가 식당이라고?'

"아침에 두 시간, 점심에 두 시간, 그리고 저녁에 두 시간만 식당으로 변신하니까 시간 잘 맞춰서 오라고."

연서의 마음을 읽기라도 한 듯 그가 얼른 말을 덧붙였다. 둘은 그렇게 30분이 넘게 캠프 이곳저곳을 돌아봤다. 하지만 긴 비행시간과 긴장감으로 피로가 몰려오는 게 느껴지자 연서는 자주 멈춰 섰고, 이를 눈치챈 제프가 숙소로 데려다주고 남은 투어는 다음 날에 이어가기로 했다.

"여기야. 5주 동안 잠잘 곳."

제프는 문을 활짝 열어젖혔다. 그리고 연서는 정신이 아득해지는 걸 느꼈다. 그곳은 강당이었다. 건물 몇 개가 들어설 수 있을 정도로 큰 공간에 끝없이 놓인 2층 침대. 족히 몇백 명은 잘 수 있을 것만 같은 크기였다. 하지만 왠지 싫지 않았다. 이렇게 많은 사람과 함께 잠을 자고 생활할 일이 또 있을까 싶었다. 제프는 마음에 드는 곳에 이름표를 걸어놓으라며, 명찰 목걸이와 네임펜을 건넸다. 연서는 그걸 받아 들고 문에서 멀리 떨어진 가장자리 1층에 짐을 내려놓았다.

"그럼, 내일 아침에 만나. 조식 먹으러 아까 그 카페테리아로 오면 되고. 그리고 오늘 밤에는 몇 팀 더 도착하긴 할 건데 캠프는 내일부터 시작이니까 사람들은 많이 없을 거야. 편히 쉬라고. 나이티 나잇!"

제프는 인사를 건네고 문을 닫고 사라졌다. 어둑어둑한 강당 안 2층 침대 아래 칸에 드디어 두 발을 뻗고 누운 연서는 당황스러움에 휩싸여 아무런 말도 할 수 없었다. 그리고 지금 자신에게 벌어진 상황을 제대로 이해하려 애쓰다가 그만 깊은 잠 속으로 빠져들고 말았다. 그렇게 캠프에서의 첫날이 시작되었다.

2

빛이 들이치는 걸 느끼며 연서는 잠에서 깨어 눈을 떴다. 낯선 곳에서 몸을 일으키며 화들짝 놀라다가 그제야 자신이 캐나다에 왔음을 그리고 어느 마을의 캠프에 참가하게 되었음을 깨달았다. 다리를 접고 양반다리를 하고 앉아 있으니 강당 벽에 난 커다란 창문으로 파랗고 하얀 하늘이 눈에 들어왔다.

'진짜 크리스털 클리어네.'

초등학생 때 원어민 선생님으로부터 배웠던 표현을 이런 상황에서 써먹게 될 줄은 상상도 못 했다. 그만큼 캐나다의 여름은 날씨가 눈부시게 깨끗하고 투명했다. 자리를 주섬주섬 정리하고 머리를 하나로 틀어 올린 뒤 기분 좋게 밖으로 나섰다. 출출한 배를 채우기 위해 연서는 전날 제프가 알려준 카페테리아로 걸음을 옮겼다.

"헤이, 하이!"

"좋은 아침!"

"좋은 하루!"

낯선 이들이 연서의 곁을 지나가며 웃는 얼굴로 인사를 건네왔다. 그게 싫지 않았다. 오히려 연서도 밝은 표정으로 손까지 흔들며 답을 했다. 그렇게 얼마나 걸었을까? 저 멀리 사람들이 건물 밖에까지 줄을 서 있는 모습이 눈에 들어왔다. 연서는 급한 마음으로 후다닥 뛰기 시작하는데 뒤에서 익숙한 목소리가 말을 걸어왔다.

"이제 온 거야? 아슬아슬했어."

고개를 돌리니 촉촉이 젖은 머리를 한 제프가 눈에 들어왔다. 그 옆에는 주근깨가 콕콕 박혀있는 빨간색 머리를 한 여자와 날렵한 몸매에 샤프한 외모를 가진 금발 머리 남자가 있었다. 연서가 제프에게 누구냐는 눈빛을 보내자, 그는 깜짝 놀라며 서둘러 인사를 시켜주었다.

"먼저 소개해줬어야 했는데……. 여기는 한국에서 온 여언서. 참, 여언서 스펠링이 어떻게 되지?"

"나? YS."

"그럼, 여긴 한국에서 온 YS."

제프는 그렇게 부르며 눈을 찡긋해 보였다. 연서도 싫지 않았다. 누군가가 자신을 이니셜로 불러주는 건 처음이었으니까. 게다가 연서의 이름을 잘못 발음하는 것보다는 훨씬 낫겠다는 생각이 들었다. 그래서 앞으로 자기소개할 일이 있으면 먼저 YS라고 불러달라고 하기로 마음먹었다.

"여기는 노르웨이에서 온 제이."

"반가워!"

"여기는 미국에서 온 샘."

"안녕!"

그렇게 셋은 서로 인사를 건네고 제프를 따라 아침 식사를 하기 위해 줄을 섰다. 십여 분가량의 대화를 통해 알아낸 사실은 제이도 샘도 연서보다는 다섯 살이 많다는 사실. 연서는 제프에게 자기 또래의 청소년은 없냐고 물었다.

"없어. 언더 에이지는 너밖에 없어."

"어떻게 알아? 사람이 이렇게 많은데. 나도 친구 있으면 말도 편하게 하고 좋잖아."

"자원봉사자 리스트를 내가 관리하니까 알지. 메일 보냈을 때 답을 한 게 나야. 그리고 여기서는 나이는 상관 안 해. 우린 그냥 친구지. 너랑 나도 친구야. 말 편하게 해. 불편할 것 없잖아?"

그 말을 들으며 연서는 뭔가 이상하다고 생각했다. 메일을 보낸 적도 없는 데다 자원봉사자라는 사실도 처음 들은 이야기였다. 하지만 그냥 넘어가기로 했다. 흥미가 생겨 좀 더 잘 알아보고 싶다는 생각이 든 터였으니까.

'뭐 별일 없겠지. 엄마가 특별한 경험 해보라고 한 걸 수도 있으니까. 그 깊은 속을 내가 어찌 알겠어.'

연서는 불안한 마음을 잠재우며 긍정적으로 생각하자고 마음먹었다.

"YS! 너는 어디 포지션 하고 싶어?"

"포지션? 난 모르겠는데. 뭐가 있는데?"

"아이스크림 가게에서도 할 수 있고, 자전거도 있고. 근데 자전거 고칠 줄 아는 사람이 우선이기는 해. 그런 거 모르면 나랑 같이 자원봉사자 안내할 수도 있고, 저녁에 페스티벌 진행해도 괜찮고. 파티에서 보조해도 되는데 그러면 파티 참가는 못 하지. 아마?"

제프는 그 말과 동시에 다시 한번 찡긋해 보였다. 키가 크고 멀대 같은 모습이지만 붙임성이 좋고 밝은 탓에 연서는 점점 그게 편하게 느껴졌다. 오래 알고 지낸 친구처럼 느껴질 정도였다.

"나는……. 그러면 아이스크림 가게 한번 해볼래. 한국에도 그런 거 있거든. 무려 31가지 맛의 아이스크림 체인이 있어. 참, 아마 미국에서 왔을걸?"

"어? 그래? 이름이 뭔데?"

"배스킨라빈스."

"아……. 들어본 적 있어. 가본 적은 없고. 그거 한국에서 유명하구나!"

샘이 답했다.

"응……. 우리는 자주 가. 우리 동네에도 큰 가게가 하나 있어서 종종 갔었어."

"뭐가 제일 맛있는데?"

"미국에서 온 체인점을 어떻게 내가 더 잘 아네. 웃기다. 나는 민트 초콜릿을 제일 좋아해."

"YS! 그럼 아이스크림 파트로 가. 가면 실컷 먹을 수 있어. 대신 손목은 좀 아플걸? 워낙 꽝꽝 얼어있으니까 말이야. 나중에 바꿔 달라고 울지는 말라고."

제프는 대화에 끼어들어, 그렇게 말하고 실실 웃으며 마지막 한 술을 떴다. 연서도 오트밀 그릇을 싹씩 비우며 바꿀 일 없다고 장담하듯 말하고 그들을 따라 자리에서 일어섰다. 여전히 많은 사람이 밖에서 기다리고 있었다. 정말 이 마을에 단 하나 있는 식당이라 그런지 인기가 많았다. 그에 반해 음식 맛은 평범했다. 연서는 다시 한번 눈이 마주치는 모든 사람에게 인사를 건네며 가게를 나섰다.

"이 노래 좋지 않아?"

"나도 좋아해."

"플레이리스트는 신청받아서 내가 넘기니까 원하는 노래 있으면 말해."

"진짜? 좋아!"

연서는 재즈에 대해서는 문외한이었지만 경쾌하고 빠른 리듬에 절로 몸이 움직이는 걸 느끼며 자신도 꼭 신청곡을 내야겠다고 생각했다.

'유튜브 검색해보면 되지 뭐.'

그러고는 자신의 주머니에서 로밍해 온 스마트폰을 꺼냈다.

'엄마한테 먼저 연락해야 하나?'

유튜브 아이콘을 누르기 전에 연서는 잠시 멈칫했다. 하지만 이 기분 좋은 설렘을 깨고 싶진 않았다.

'급한 일 있거나 무슨 일 있으면 엄마가 먼저 연락하겠지.'

연서는 저 멀리 성큼성큼 앞서나가고 있는 제이와 샘 그리고 제프를 따라잡기 위해 한 손으로는 유튜브를 켜고 재빨리 달리기 시작했다. 발걸음이 몹시 가벼웠다. 하루의 시작으로는 완벽하다고 다시금 생각했다.

"나는 체리 플레버."
"나는 바닐라 플레버."
"나는 초콜릿."
"나는 그린티."

연서는 배정받은 노점에서 벌써 세 시간째 밀려드는 주문을 받으며 열심히 아이스크림을 펐다. 손목은 시큰거려 오고 허리를 펼 새가 없어 통증이 느껴지기 시작했다. 제프가 실실 웃으며 선뜻 보내주겠다고 한 게 이해가 됐다. 연서는 살짝 짜증을 느끼며 다시 한 번 손에 힘을 주고 꽝꽝 언 아이스크림을 퍼서 컵에 담고 순서대로 건넸다. 하지만 돈을 받으니 장사가 잘되는 것이 재미있다는 생각이 들었다. 벌써 점심나절에만 500불 넘게 벌었다. 파트너가 잠깐 자리를 비운 사이 몰려드는 손님들 덕에 진땀을 뺐지만 말이다. 한국에서는 한 번도 아르바이트한 적이 없었다. 아니 그럴 시간이 없었다. 학교가 끝나면 두 군데 학원을 들렀고, 과외도 받았다. 봉사활동이라고는 방학 때 시간을 채우기 위해서 기관에 나간 것이 전부였다. 지금 하는 것도 자원봉사이기는 했지만, 인센티브가 있었다. 매상의 1%가 지급되고 아이스크림은 무제한 공짜. 연서는 한가해진 틈을 타서 자신이 제일 좋아하는 민트 초콜릿을 세 스쿱 퍼 담고는 잠시 자리에 앉아 스푼을 입 안으로 가져갔다. 화한 맛이 먼저 퍼지고, 그다음 달곰한 맛이 올라왔다. 그 순간 딱 적당한 온도의 공기와 상쾌한 바람까지 더해졌다. 연서는 어느덧 바닥까지 싹싹 긁어 비웠다. 자신도 모르게 콧노래가 절로 나왔다. 아침에 카페테리아를 나섰을 때 들었던 재즈 음악이었다. 갑자기 엄마에게 고맙다는 생각이 들었다. 그때 저 멀리 제프가 뛰어오는 게 보였다. 손을 쫙 펴서 흔드는 폼이 마치 주유소 앞에서 움직이는 바람 인형 같아 연서는 자신도 모르게 픽, 하고 웃었다. 점점 더 가까워져 올수록 그의 얼굴이 또렷하게 보였다. 투명할 정도로 하얀 피부 덕분에 선명하게 드러나는 파란색 핏줄. 웃을 때 눈가에 지는 자글자글한 주름. 웃을 때 보이는 하얗고 가지런한 치아. 어설픈 듯한 느낌을 주지만 동시에 친근한 매력이 있었다. 연서는 제프에게 손을 흔들어 아는 체하며 인사를 건넸다.

"왓츠 업! 무슨 일이야?"

제프는 급하게 달려왔는지 허리를 숙인 채 헉헉대며 연서가 건넨 인사에 답조차 하지 못하고 숨을 고르고 있었다.

"헉헉, 잠깐만."

"뭘 또 그렇게 달려왔대. 무슨 급한 일인 거야?"

"헉헉, 네가 힘들 것 같아서. 헉헉, 분명히 다들 밥 먹고 아이스크림 먹으러 들를 테니까. 헉헉, 너는 모르겠지만 여긴 악명이 자자하다고. 헉헉, 실은 너 여기 보내고 나서 마음이 편하지 않아서. 헉헉, 마음에 걸려서 온 거야. 이제 포지션 바꿔줄게. 다른 데 가볼래? 아니면 수업 한번 들을래?"

"수업? 무슨 수업?"

"무슨 수업이긴 댄스 수업이지. 여기 스윙 댄스 캠프잖아. 수업 공짜로 들으려고 볼런티어 하는 사람들이 얼마나 많은데. 너도 그래서 온 거 아니야?"

"응??"

"아니었어? 그럼 여긴 왜?"

"내가 물을 소린데. 나는 왜 여기?"

"뭐야……. 장난치는 거지?"

제프는 그 말을 하며 연서의 어깨를 툭 쳤다. 불안했던 마음이 다시 한번 치고 올라오는 듯해 연서는 고개를 세차게 저었다.

'그래 아니야. 아니겠지.'

그러고는 다시 제프에게 아무 일 없었다는 듯 수업을 듣겠다고 했다. 정작 무슨 춤인지도 모르면서, 한 번도 춰본 적도 없으면서.

"무슨 수업 듣고 싶은데? 챔피언 수업 들을래?"

"아니. 나 제일 비기너로 해줘."

"비기너 레슨? 기본 스텝은 알지 않아?"

"음……. 제일 따라 하기 쉬운 거로."

"아! 그럼 너 거기 가라. 라인 댄스 수업으로 가봐. 이 레슨 참가하면 저녁때 공연도 할 수 있어."

"공연? 아니야. 공연은 무슨."

연서는 당황해 두 손을 적극적으로 저어 보였지만 제프는 물러서지 않고 그녀를 설득하기 시작했다.

"그렇게 걱정 안 해도 돼. 틀리면 좀 어때? 그 수업 수강생이 무려 50명이야. 그 속에 있으면 티도 안 나. 그리고 잘 모르면 주변에서 하는 거 보고 따라 하면 되지 뭘. 정 걱정되면 나도 같이할게. 게다가 공연하면 코스튬도 할 수 있고 메이크업도 봉사자들이 해준단 말이야. 절대 못 잊을 추억이 될걸?"

제프는 거기까지 말하고 대뜸 연서의 팔을 잡아끌기 시작했다. 당황한 연서는 어쩔 줄 몰라 하다가 결국 알겠다고 대답했다. 그렇게 연서는 제프를 따라 레슨이 펼쳐진다는 천막 앞으로 향했다.

"여기가 다 이렇게 되어 있는 거야?"

"응. 사전에 신청받아서 수강생 수가 결정되면 이렇게 길에다 천막을 쳐. 이 안에서 수업을 진행하는 거고. 근데 생각하는 것처럼 아카데믹하게 진행하지 않아. 여기 오는 사람들은 대부분 초짜가 아니거든. 다들 즐기러 오는 거고. 서로 막 실력 비교 같은 것도 안 해. 자기 춤추기 바쁘거든. 너도 신경 쓰지 마. 그냥 즐기라고. 인조이!"

연서는 그 말을 듣고 신기하다는 생각만 들었다.

'춤을 추러 여기까지 돈 들여서 오고 5주 동안 춤만 추다 간다고? 대박. 이런 캠프가 어딨어? 정말 엄마가 알고 신청한 걸까?'

연서는 우선 마음속의 의문을 잠재우고 자신도 충실하게 캠프의 규칙과 분위기에 따라 움직여야겠다고 생각했다.

'그래, 틀리면 좀 어때. 남의 시선이 중요한 건 아니잖아.'

연서는 한 대형 천막 앞에 도착해 제프를 따라 안으로 들어갔다. 그러자 갈래머리를 하고 물방울무늬 원피스를 입은 갈색 머리에 큰 눈을 한 외국인이 그녀를 보고 앞자리에 서라며 안내했다.

"저요? 아니에요."

하지만 제프는 그녀의 팔을 잡고 알려준 자리로 가 함께 서서 연서를 향해 기합을 잔뜩 불어넣어 주었다. 그리고 그렇게 50명 가까운 사람들과 함께하는 수업이 시작되었다. 거울이 없어 자기가 하는 모습을 볼 수 없으니 오히려 더 용감해질 수 있었다. 레슨을 따라잡기는 쉽지 않았지만 정말 제프 말대로 누구 하나 다른 사람의 시선을 신경 쓰는 이가 없었다. 연서의 몸집 세 배 만한 댄서도 있었고, 할 때마다 반대 방향으로 가는 이도 있었다. 하지만 선생님도 그에 대해 아무런 지적도 하지 않고 내내 웃는 얼굴로 수업했다.

"자, 이번에는 폴 오프 더 록입니다. 이렇게 떨어져서 뒤로 넘어지는 듯한 동작을 하면 돼요. 이렇게!"

연서는 난생처음 듣는 동작의 이름을 기억하려 애쓰기보다는 눈에 담고 리듬을 익히려 애를 썼다. 그랬더니 생각보다 잘 따라 할 수 있었다.

"거기, 굿굿!"

선생님은 나름 열심히 한 연서에게 쌍 엄지를 들어 보여주며 칭찬을 아끼지 않았다. 연서의 볼이 다시 한번 발그레해졌다.

"타다, 타다닥, 타닥."

선생님은 이제 라인 댄스의 화룡점정인 마지막 스텝을 입으로 소리 내며 가르치고 있었다. 연서는 동작을 다 외우지는 못했지만, 엉망으로라도 스텝을 밟으며 열심히 따라 했다. 그러자 저 깊은 곳에서 뿌듯함이 샘솟는 듯한 기분이 들었다.

"굿! 굿이야!"

제프도 최선을 다하는 연서의 모습을 보며 칭찬을 아끼지 않았다. 그렇게 한 시간 반의 수업이 끝나자 모두 땀에 흠뻑 젖어 있었다. 에어컨이 설치되어 있지 않아 천막 안은 사람들의 열기로 가득 찼다. 하지만 누구도 불평하지 않았다. 연서 또한 그랬다. 바닥에 주저앉아 다리를 주무르면서도 제프를 향해 방긋 웃어 보였다.

'이런 기분은 처음이야.'

낯선 음악에 맞춰 이렇게 많은 사람과 같은 동작을 하는데도 느껴지는 묘한 자유로움이 있었다. 연서는 점점 이 캠프와 사랑에 빠지는 것 같다는 생각이 들었다.

그날 밤, 제프가 연서를 찾아왔다. 자신을 부르는 소리에 숙소를 빠져나와 보니 그가 완전히 다른 차림새로 벽에 기대어 서 있었다. 황금색과 붉은색의 패턴이 돋보이는 실크 블라우스에 진한 밤색 모직 바지를 입고, 윙팁이 멋지게 수놓아진 구두를 신은 채로 포마드로 머리를 뒤로 넘겼다. 어색하고 우스꽝스러웠던 걸음걸이도 마치 연습이라도 한 것처럼 싹 바뀌어 있고, 어느덧 근사한 분위기를 풍기는 청년으로 변해있었다. 연서는 깜짝 놀라 그를 위아래로 여러 번 훑어보다가 예의가 아닌 것 같다는 생각이 들어 미안하다고 말했다.

"괜찮아. 다른 사람이면 내가 뭐라고 할 텐데 너니까 괜찮아."

그 말을 하며 제프는 다시 한번 싱그러운 미소를 보냈다. 하지만 연서는 아무것도 준비된 게 없었다. 그의 차림새를 보고 나니 이대로 가면 안 될 것 같다는 생각이 들었다. 집에서 가져온 롤업 청 반바지에 크롭 블라우스 그리고 스니커즈를 신어 보았지만, 분위기에 맞지 않을 것 같았다. 연서는 쭈뼛거리며 눈치를 보다가 안으로 다시 들어갔다. 그리고 한참 동안 캐리어를 뒤적거리며 입을 만한 것을 찾아봤지만 아무것도 없었다. 다시 입고 있던 옷차림 그대로 나올 수밖에 없었다. 제프는 여전히 벽에 기대어 서서 연서를 기다리고 있었다.

"아 유 오케이? 괜찮아? 무슨 일 있는 거야?"

"아니 그게 아니라……."

연서의 얼굴은 창피함과 부끄러움으로 다시 빨갛게 물들어 가고 있었다.

"무슨 일인데? 말해봐."

제프의 얼굴이 연서의 얼굴 가까이 성큼 다가왔다. 그 덕에 아주 긴 속눈썹이 깜빡거릴 때마다 흔들리는 걸 볼 수 있었다. 연서는 급기야 눈을 질끈 감아버리고 말았다.

"왜, 무슨 일인데? 오늘 가지 말까? 참석하기 그래? 춤추는 거 별로였어?"

"그게 아니고……. 실은 나 이 차림새로 가는 게 좀 창피해. 너는 잘 차려입었는데……. 다른 사람들도 잘 차려입었을 거고……."

거기까지 말하고 있는데 난데없이 제프가 연서의 팔을 잡고 앞장서서 뛰기 시작했다. 왜 뛰는 거냐고 물었지만, 답이 돌아오지 않았다. 가끔 고개를 돌려 그녀의 안위를 확인하는 제프의 얼굴은 확신으로 차 있었다. 그녀를 데려가야 한다. 이대로도 괜찮다. 걱정하지 말아라. 그리고 신기하게도 그 생각과 그 마음이 연서에게 고스란히 전해졌다. 둘은 아무 말 없이 속도를 내어 달리기만 했다. 밤이 되었지만, 캠프 타운을 밝히는 조명은 근사하게 빛났고, 목적지에 가까워질수록 멋진 음악과 수많은 사람이 더욱더 근사한 분위기를 만들어 주고 있었다.

"와, 이거 완전 축제네."

연서는 장소에 도착해 숨을 고르면서도 놀란 마음에 감탄을 마구 뱉어냈다. 그도 그럴 것이 공연하기로 되어 있는 볼룸은 축구장 절반 정도의 크기로 캠프 타운의 모든 사람이 들어가고 남을 정도의 크기였기 때문이었다. 왜 이런 시설이 작은 마을 안에 있는지는 모르겠지만 그 덕에 이렇게 다 같이 모여 환상적인 밤을 보낼 수 있다는 게 감사할 뿐이었다. 연서는 고개를 들어 스쳐 지나가는 댄서들을 바라보았다. 모두 동화 속 혹은 영화 속에서 튀어나온 것 같은 모습을 하고 있었다. 머리를 잔뜩 부풀리고 화려한 스카프를 한 여자들, 멜빵바지를 입고 모자까지 쓴 채 고전적인 모습을 한 남자들. 다들 낮의 모습은 잊은 채 특별한 배역을 연기하기 위해 몰두하는 것만 같았다. 보고 있기만 해도 가슴이 떨려와 연서는 어쩔 줄 몰랐다.

"나도 처음에는 그랬어. 여기 오는 게 오 년째인데도 봐도 봐도 안 질려. 처음에는 그냥 청바지에 티셔츠를 입었는데 어느 순간 내가 평소에 해보지 못한 모습으로 변신해야겠다는 생각이 들더라고. 그래서 조금씩 조금씩 내게 맞는 스타일을 시도한 게 이거야. 하지만 연서 너는 그 자체로 멋져. 그러니까 걱정하지 마. 말했듯이 여기서는 아무도 다른 사람들 눈을 신경 쓰지 않아. 그들도 나를 평가하지 않고 나도 남을 평가하지 않지. 그러니까 춤에만 집중해. 노래만 들어. 그리고 이 순간을 즐겨. 이 순간은 잡아두지 않으면 금세 날아가거든."

진지하게 말하는 제프의 모습이 근사하다고 생각했지만 말로 뱉지는 않았다. 연서는 고개를 끄덕거리고는 자기 자신에게 최면을 걸기 시작했다.

'난 나야. 나만 봐. 춤에만 집중해. 음악을 들어. 신경 쓸 것 없어.'

그제야 준비가 된 것만 같았다. 이번에는 연서가 제프의 팔을 잡아당겨 볼룸 안으로 입장했다.

"웰컴 투 더 볼룸!"

잠시 뒤 화려하기 짝이 없는 슈트를 입은 남자가 들어와 진행하기 시작했다. 그의 말 한마디에 실내가 조용해졌다가 이내 함성으로 꽉 채워졌다. 얼핏 세어도 천여 명이 넘는 사람들이 모였다. 보는 것만으로도 장관인 모습이었다.

"자, 이제 소셜을 시작할 건데요. 그 전에 오늘 낮에 라인 댄스 수업을 들었던 댄서들이 공연을 펼친다고 합니다. 그럼, 박수와 환호로 맞이해 주세요."

연서는 그 소리를 듣자마자 제프와 함께 무대로 부리나케 나아갔다. 정신을 차리고 보니 둘은 모든 댄서의 한가운데에 자리하고 있었다. 조금 떨렸지만 크게 긴장은 되지 않았다. 연서는 제프가 한 말을 되뇌며 침착하게 시작할 준비를 했다.

"따라란, 따라라란, 따라라라라란."

트럼펫 소리와 경쾌한 건반 소리로 노래가 시작되자 낮에 배웠던 그대로 사람들은 춤을 추기 시작했다. 폴 오프 더 록에 이어 턴. 그리고 다시 방향을 바꿔 왼쪽과 오른쪽으로 스텝을 밟았다. 그 와중에 연서는 다른 사람들의 얼굴을 유심히 관찰했다. 노래에 심취해 들뜬 모습이었다. 그리고 같은 동작과 스텝을 배웠지만 다들 조금씩 다르게 자신만의 스타일로 춤추고 있었다. 그게 보기 좋았다. 팔 동작이 따로 없는 타이밍에서는 연기도 했다. 연서도 제프를 흘낏 쳐다보며 자신만의 춤을 시도했고, 제프는 그런 그녀를 받아주며 리액션을 크게 했다. 그렇게 약 4분간의 공연이 끝나자, 환호가 마치 볼룸 천장을 뚫을 기세로 쏟아져 나왔다. 서로 모르는 사이지만 댄서들은 주변을 돌아보며 포옹하고 수고했다는 인사를 나눴다. 연서도 제프도 낯선 이들에게 허그를 청하고, 악수하고, 등을 두드려 주었다. 온몸은 땀투성이 되었지만 싫지는 않았다. 그것보다 연서는 이 밤을 아주 오래도록 붙잡아 두길 바랄 뿐이었다.

그리고 그들의 황홀한 썸머나잇은 캠프 기간 내내 매일 이어졌다. 연서는 어느덧 이 여름방학이 끝이 나지 않기를 기도하고 있었다.

3

"잘 잤어?"

밤새 춤을 춘 탓인지 피로가 몰려와 늦잠을 잤다. 연서는 거의 문을 닫을 시간에서야 카페테리아에 도착했고, 이미 식사를 마치고 나오는 제프 무리와 맞닥뜨렸다. 제프는 어젯밤 그 모습은 온데간데없이 청바지에 헐렁한 하얀 티셔츠를 입고 평범한 운동화를 신은 채 짝다리를 짚고 연서에게 인사를 건넸다. 연서는 자신도 모르게 다시 한번 눈을 비비고 그를 바라봤다. 마치 호박 마차를 타고 무도회에 다녀온 신데렐라의 심정이 이런 것일까, 하는 생각이 들었다. 다른 점이라면 신데렐라는 낮에는 괴롭고 슬픈 일상을 보냈겠지만, 연서의 낮은 그 나름대로 재미가 있고 즐겁다는 것이었다. 매번 자원봉사 장소가 바뀌는 탓에 지루할 틈조차 없었다.

"오늘은 어디야?"

연서는 잘 잤냐는 제프의 인사에 대꾸하지 않고 안쪽으로 걸어가며 물었다.

"오늘은 자전거 파트로 갈래?"

"수리할 줄 알아야 한다며?"

"할 수 있는 친구가 이미 거기 있어."

"바로 나야!"

그때 제프 옆에 있던 샘이 손을 번쩍 들며 장난스러운 표정을 지어 보였다.

"우와, 정말?"

"그리고 나도!"

제이도 손을 따라 들고서 익살스러운 제스처를 취했다. 햇빛을 받아 찰랑거리는 그녀의 빨간 머리까지 더해져 귀엽기만 했다.

"그래, 그럼. 잘 부탁해. 밥만 먹고 바로 갈게."

"천천히 먹어. 우리 둘이 먼저 가서 오픈하고 있을게. 아마 다들 식사하고 차 한잔하고 나서 몰려올 거야. 낮에 산들바람 맞으면서 자전거 타는 게 또 일품이거든."

"내가 중간에 한 번 가서 도와줄 테니까 너희도 자전거 타고 한 바퀴 돌고 와."

제프는 그 말을 하고 손을 흔들며 등을 돌리고 제 갈 길을 가기 시작했다. 연서도 손을 흔들어 보이고는 안쪽 빈 테이블에 앉아 늦은 식사를 시작했다. 스크램블드에그와 해시 브라운을 먹으며 연서는 어젯밤의 그 뜨거운 열기를 떠올렸다. 하지만 아쉽지는 않았다. 그 밤은 다시 찾아올 테니까. 덕분에 든든하게 밥을 먹고 나올 수 있었다.

자전거 대여소에 도착하자 긴 줄부터 눈에 띄었다. 제이와 샘은 사람들에게 자전거 작동법을 알려주고 펑크가 나거나 기어가 고장이 난 것들을 수리하고 있었다.

"헤이, 왔어?"

제이가 먼저 반갑게 손을 흔들자, 연서도 이에 답을 하며 가까이 다가섰다.

"뭐부터 하면 될까?"

"이쪽이 다 정비가 끝난 자전거니까 줄 선 사람들한테 확인 한 번 시켜주고 ID 받은 다음에 내주면 돼."

"오케이!"

셋이 합을 맞추니 긴 줄은 금방 줄어들었다. 어느덧 사람들이 자전거를 끌고 마실을 나가자 북적북적했던 대여소가 텅 비었다. 그때 멀리서 제프가 뭔가를 손에 가득 든 채 걸어오는 게 보였다. 혹여나 떨어뜨릴까 봐 조심스레 걷는 모습이 우스꽝스러웠다. 연서는 역시 제프답다고 생각하며 달려가 그를 맞이했다. 제프의 양손과 품에는 막 펴온 아이스크림 네 컵이 들려있었다. 윗부분은 조금 녹았지만, 아직 시원함이 가시지는 않았다. 연서는 고맙다고 말하고 컵 두 개를 건네받아 샘과 제이에게 주었다. 그렇게 넷은 흙바닥에 둘러앉아 아이스크림을 먹었다.

"이제 더 빌릴 사람 없으니까 반납하러 오면 우리도 자전거 타러 갈까?"

제프가 말했다. 샘과 제이 그리고 연서까지 전부 끄덕임으로 동의를 표했다. 그리고 그들은 얼마 후 상기된 표정으로 반납하러 온 네 명의 일행에게 자전거를 건네받아 라이딩을 시작했다.

"캠프는 낮은 낮대로 근사하다고!"

제프는 그 말을 던지고 앞으로 나서서 쏜살같이 달렸다. 양옆으로 빠르게 스치는 풍경은 도시에서 볼 수 없던 모습을 하고 있었다. 족히 백 년은 넘었을 것 같은 수목들이 줄지어 있었고, 높은 건물이라고는 찾아볼 수 없었으며, 하늘은 시원하게 뻥 뚫려 있었다. 거기에 그림처럼 걸려있는 구름과 때마침 불어오는 미풍까지. 연서는 모든 게 다 영화 속에나 나올 법한 장면들이라고 생각했다.

"조심하라고. 여기부터는 돌이 많으니까 빨리 달리면 안 돼."

말과는 달리 제프는 더 속력을 내며 빠르게 사라졌다. 샘과 제이가 그 뒤를 따르고 오랜만에 자전거를 탄 연서는 덜컹거림을 느끼며 조심스레 페달을 밟았다. 그렇게 십여 분이 지났을까? 언덕 하나가 눈에 들어왔다. 그곳에 멈춰선 세 사람이 연서를 향해 손을 흔들었고, 조바심이 난 나머지 연서는 속도를 냈다. 순간, 자전거가 옆으로 쓰러지며 연서까지 내동댕이쳐졌다. 그 모습을 발견한 제프가 급하게 달려 내려오기 시작했다.

"아아……."

"봐봐."

"아냐……. 괜찮을 거야."

"이따가 수업도 또 들어야 하니까 더 조심해야 해. 봐봐."

연서의 발목이 퉁퉁 부었다. 뒤따라온 샘과 제이도 걱정스러운 표정으로 그 둘을 바라봤다.

"걸을 수는 있겠어?"

"걸을 수는 있을 것 같은데……. 자전거는 당장 못 타겠어."

"어쩌지?"

"일단 가서 차를 가져올 수 있는지 봐야 할 것 같아."

"운전할 수 있어?"

"우리 셋 다 면허 있어."

"그럼 내가 여기 남아서 연서랑 천천히 갈 테니까 둘이 먼저 가라."

"그래……. 그럼 둘이 천천히 와. 알았지?"

그렇게 샘과 제이가 서둘러 자전거에 올라타 사라지고 연서와 제프 둘만 남겨졌다. 제프는 연서의 자전거를 일으켜 세웠다. 그러고는 연서의 손을 잡아 일으켜 양쪽에 자전거를 밀며 걷기 시작했다.

"나 땜에 괜히……."

절뚝거리던 연서는 미안한 표시를 해 보였다. 하지만 제프는 괜찮다고 허허 웃어 보일 뿐이었다.

"지금 이런 상황도 하루의 일부인 거야."

제프는 연서를 안심시키며 그녀의 속도에 맞춰 천천히 걸었다. 연서는 미안하면서도 든든하다는 생각이 들었다. 제프 쪽으로 고개를 돌려 잠시 얼굴을 보았다. 바람을 느끼면서 걷는 그의 옆모습은 다시 어젯밤처럼 근사했다. 성격이 급한 자신과 태평하면서도 여유가 있는 그의 성격. 대조적이지만 이렇게 붙어 있어 보니 합이 잘 맞는다는 생각이 들었다. 하지만 의문이었다. 그도 그렇게 생각할지. 동양에서 온 어린 여자아이가 짐스럽게 느껴질지도 모르는 일이었다. 거기까지 생각이 닿자, 연서의 걸음이 다시 느려지고 표정은 어두워지기 시작했다.

"무슨 일이야? 많이 아파?"

제프는 멈춰 서서 연서 앞에 고개를 들이밀고 상황을 파악하려 애썼다. 연서는 고개를 푹 숙인 채로 있다가 조심스레 물었다.

"나 때문에 성가시지 않아?"

"성가시다고? 아닌데. 전혀."

"그냥 하는 말 아니고? 솔직하게. 내가 미안해서."

"아니야. 나는 그런 겉치레는 몰라. 우리 본 지는 얼마 안 되었어도 제법 죽이 잘 맞는다고 생각했는데. 너는 아니야?"

그 말에 연서의 얼굴이 다시 빨갛게 달아오르기 시작했다. 마음을 읽혔다는 생각에 어쩔 줄 몰라 답도 못 하고 그냥 고개만 숙인 채 그와 속도를 맞춰 걷기만 했다. 이상하다고 생각했는지 제프는 계속 연서 쪽만 바라보며 걷다가 돌부리에 발이 채었다.

"아이코!"

"괜찮아?"

연서가 놀라 자신도 모르게 손에 들려있던 자전거를 내팽개치고 제프에게 다가섰다. 그러자 제프는 얼굴을 들어 씩 웃어 보이면서 그녀를 놀리기 시작했다.

"이제 자전거는 꼴도 보기 싫어진 거야? 아예 버렸네?"

연서는 그런 제프를 살짝 때려주고는 자전거를 다시 잡고 뒤따라 걸었다. 그가 조금씩 나아갈 때마다 흰 티셔츠가 펄럭였다. 그리고 땀에 젖은 등 근육이 살짝 보였다. 그와 함께 날리는 금발 머리카락. 연서는 지금껏 살면서 단 한 번도 느껴본 적이 없는 감정이 몸 안에서 움트는 것을 느꼈다. 제프가 이 마음을 눈치채지 못하도록 미묘한 속도로 바로 뒤에서 묵묵히 걸었다.

"어이! 많이 왔네?"

그들을 데리러 온 샘과 제이가 클랙슨을 빵빵 울리며 차창을 내려 손을 흔들었다. 픽업트럭이었다. 앉을 자리가 없어 제프와 연서는 자전거를 올린 뒤 그 옆에 풀썩 앉았다. 그리고 둘은 말없이 풍경만을 바라봤다.

연서는 이날 저녁 볼룸에 갈 수 없었다. 다리가 아직 낫질 않아 움직일 때마다 시큰거렸기 때문이었다. 다행히 크게 다친 것은 아니고 근육이 조금 놀란 것 같다는 진단을 받았다. 하루 정도 쉬고도 아프면 그때 마을 밖 병원에 가보는 게 좋겠다고 했기에 오늘은 그냥 숙소에서 푹 쉬기로 했다. 하지만 연서의 마음은 이미 볼룸에서 댄서들과 함께 춤을 추고 있었다. 센터에 서서 스포트라이트를 받으며 움직이는 것도 좋았지만 몇백 명의 사람들이 자신을 따라 춤추는 것이 더 좋았다. 마치 파도타기를 하듯 자신들의 춤에 적극적으로 반응하는 모습이 자연에서 만들어 낸 풍경 그 이상인 것 같아 경이롭기까지 했다. 연서는 이불 속으로 들어가 상상하는 것을 멈추려 애썼지만 잘 안되었다.

'그만해. 그만 생각해.'

그렇게 되뇌자, 가슴을 떨리게 했던 흥분은 사라지고 어느덧 옅은 우울함이 마음을 지배했다.

'딱 오늘 하루만 참으면 되는 건데 뭐.'

다들 춤을 추러 나간 탓에 강당 숙소에는 연서 말고는 아무도 없는 듯했다. 컴컴한 천장을 바라보자 멀리서 아주 작게 음악 소리가 들려왔다.

'안 되겠어.'

연서는 헤드셋을 꺼내 백색소음 플레이리스트를 틀고 억지로 귀도 막아버렸다. 그렇게 얼마나 누워있었을까? 문가에서 인기척이 느껴짐과 동시에 열린 문틈으로 빛이 들이쳤다.

'누구?'

연서는 손으로 눈가에 차양을 만들어 인상을 찌푸린 채 소리가 난 방향을 쳐다보았지만, 거리가 먼 탓에 잘 보이지 않았다. 결국, 자리에서 일어나 조심스럽게 문가로 향했다. 한 발짝, 또 한 발짝. 다가서자 익숙한 실루엣이 보였다. 제프였다. 그는 몸을 반만 밀어넣은 채 연서를 향해 손짓하고 있었다.

"이리로 와."

작은 목소리로 그녀를 애타게 불렀다. 연서는 놀란 눈으로 반바지에 티셔츠 그리고 슬리퍼만 신은 상태로 그를 따라나섰다.

"서프라이즈!!"

그곳에는 제이와 샘 그리고 다섯 명의 낯선 친구들도 함께였다.

"안녕! 반가워! 오늘 아파서 어디 못 간다고, 같이 놀아주자고 하길래 따라왔어. 나는 캠이야."

"YS 맞지? 나도 그냥 오늘은 소소하게 놀고 싶었어. 내 이름은 도로시야."

"헤이, 아픈 건 좀 어때? 우리랑 같이 이야기나 하면서 놀자고. 참, 나는 로빈이야."

"난 신디."

"나는 영이라고 불러줘."

나머지 다섯 중의 셋은 샘처럼 영어권 나라에서 온 듯했고 나머지 한 명은 아시아계 같았다. 하지만 한국 사람은 여전히 연서 하나뿐이었다. 그렇게 모두의 소개를 받고 난 뒤 제프가 그들을 강당에서 1킬로미터 정도 떨어진 공터로 안내했다. 이미 몇몇이 캠프파이어를 즐겼는지 가운데에는 불에 그을린 통이 하나 있고, 주변 풀들이 반들반들해져 있었다. 누가 먼저랄 것도 없이 자리를 잡고 앉자 제프와 샘이 뒤쪽에 쌓아놓았던 나뭇가지와 휴지 그리고 종이 등을 가져와 불을 피우기 시작했다. 일교차가 큰 탓에 캐나다의 밤은 제법 쌀쌀했다. 옷 밖으로 드러난 부위에 닭살이 돋는 게 느껴져 연서는 양팔로 무릎을 감싸 안아 온기를 잡아두려 했다. 그러자 제프가 자기 손에 들고 있던 커다란 숄을 그녀에게 건넸다. 연서는 당황했지만, 그 친절함에 고맙다는 눈인사를 해 보이고는 따뜻하고 포근한 냄새가 나는 숄을 어깨에 둘렀다. 이내 불이 크게 일렁이며 타오르자, 아홉 사람은 저마다 편한 자세를 취하고 가져온 주스를 일회용 잔에 따랐다.

"미성년자가 있다고 해서 술은 절대 안 된다고 누가 못을 박길래 대신 포도 주스랑 자몽 주스로 대신하기로 했지."

영이 윙크하며 말했다. 연서는 미안함 반, 고마움 반으로 어쩔 줄 몰라 손을 가슴께에 가져다 합장하는 자세를 취하며 인사를 꾸벅했다. 그렇게 모두의 잔이 채워지자 이번에는 제이가 건배를 제안했다.

"YS와 우리들의 밤을 위해서."

누군가는 가져온 기타를 꺼내 연주하고, 누군가는 그 반주에 맞춰 노래를 부르고, 누군가는 손을 흔들어 리액션을 했다. 활활 타오르는 불빛 너머로 이 밤을 즐기는 이들의 눈동자도 일렁거렸다. 별이 쏟아져 내릴 것 같은 캐나다의 한여름 밤. 그리고 그 아래 캠프파이어를 즐기는 청춘 아홉. 이 모든 게 왠지 하이틴 영화의 한 장면 같다고 생각하며 연서는 포도 주스를 홀짝홀짝 마시다가 제프와 정면으로 눈이 마주쳤다. 그런데 갑작스럽게 딸꾹질이 일어났다.

"괜찮아? 갑자기 왜 그래?"

"아냐. 그냥 딸꾹질이야."

연서는 잠시 자리를 떴다. 마음을 가다듬을 시간이 필요했다. 모닥불을 가운데 두고 사람들은 여전히 웃고 떠들며 즐거운 시간을 보내고 있었다. 그런데 그 자리에 연서 말고도 한 자리가 비어있었다.

"괜찮은 거지?"

제프였다. 그는 연서를 따라와 안위를 물었다. 연서는 어떻게든 혼자만의 시간이 필요하다는 생각에 고개를 끄덕이며 그를 떨쳐버리려 했고 제프는 결국 자리로 돌아갔다. 연서는 그의 모습을 먼발

치에서 바라보며 마음을 정리하려 애썼다. 손끝까지 전해져 오는 떨림. 이게 어떤 감정인지 다시 생각해 보며 티를 내지 않으려 했다. 다시 자리로 돌아와 남은 이들과 마시멜로를 구워 먹고 가까운 언덕으로 산책하러 갔다. 언덕 높이에서 내려다보는 마을의 모습은 황홀했다. 볼룸은 여전히 환하고 들썩였다. 하지만 연서는 웬일인지 그 꺼지지 않을 춤의 향연이 지금, 이 순간만큼은 더는 부럽지 않았다.

4

연서는 이제 캠프의 일과에 익숙해졌다. 천여 명이 넘는 사람들과 새벽 늦게까지 춤을 추고, 잠자리에 들고, 일어나 느지막이 카페테리아에서 아침 겸 점심을 챙겨 먹고, 배당된 곳으로 가서 자원봉사 활동하다가 수업을 듣고 다시 볼룸에서 밤새 춤을 췄다. 그러다 보니 하루가 어떻게 흘러가는지도 모를 지경이었다. 가끔 엄마에게 연락해야 한다는 생각은 들었지만 그럴 새도 없이 사람들이 연서를 찾기에 타이밍을 놓치기 일쑤였다.

'괜찮겠지. 무슨 일 있으면 먼저 연락했겠지.'

"YS! 여기 뉴비! 안내 좀 해줘."

연서는 그 말에 부리나케 인포메이션으로 달려갔다. 벌써 3주차에 접어든 캠프는 물갈이가 되고 있었다. 열흘 남짓 휴가를 받아 왔던 멤버들이 하나둘 고국으로 돌아가고 나머지 일정을 즐기러 온 방문자들로 북새통을 이뤘다. 하지만 안내를 담당하는 파트의 봉사자는 겨우 다섯. 특히 대부분이 일요일에 몰려드니 고양이의 손이라도 빌려야 할 지경이 되어버렸다. 연서는 그래서 눈코 뜰 새도 없이 뛰고 또 뛰고 마을 입구와 강당을 수십 번씩 오가며 강행군했다. 이번에 연서가 안내를 해줘야 할 댄서들은 다섯 명이 일행이었다. 이미 알고 지낸 지 오랜 듯 무척 친해 보였다. 갈색 머리를 양쪽으로 땋아 내리고 플리플랍을 신은 한 여자가 자신의 캐리어를 가리키며 연서에게 말했다.

"이거 좀 들어줄래?"

"어?"

당황한 연서는 거절하지 못하고 그 캐리어를 대신 끌며 일행을 데리고 강당으로 향했다.

"이것도."

"이것도 좀."

그러는 동안 일행들의 손에 들려있던 쇼핑백이 캐리어 위에 차곡차곡 쌓였다. 연서는 화가 나기보다는 이게 무슨 상황인가 싶어 당황스럽기만 했다. 하지만 그들은 이내 숙소에 도착했고 연서는 캐리어의 손잡이를 돌려 갈래머리를 한 여자에게 건넸다.

"야……. 완전 후졌어."

"어떻게 이런 데서 자란 말이야?"

"한두 푼 내고 온 것도 아닌데!"

"야! 너 잠깐만 이리 와봐."

성난 목소리가 연서를 향하기 시작했다. 의아한 마음으로 연서가 돌아서자 갈래머리가 자신의 캐리어 위에 놓인 쇼핑백을 그녀를 향해 던졌다. 안에 내용물이 바닥에 떨어지고 그걸 바라보며 멍하니 서 있는 연서를 향해 화풀이하기 시작했다.

"아니, 이게 무슨 수용소야? 너는 여기서 잘 수 있을지 모르겠지만 우린 아니지."

"뭐?"

그제야 연서는 입을 열어 한마디 했다. 하지만 그들이 기세에 목소리는 벌벌 떨리는 데다 기어들어 가는 듯했다.

"칭챙총, 니가 생각해봐. 여기서 우리가 잘 수 있는지."

"알고 온 거 아니……야?"

"우리가 본 사진은 이게 아니야."

"가서 확인해봐. 우리는 일 인당 900불씩 냈다고."

"여기가 숙소 맞는데……."

그러자 일행 중 하나가 이메일을 보여주었다.

'2 Twin beds and 1 bunker bed.'

"네가 봤을 땐 이게 트윈 베드 둘에 벙커 베드로 보여? 눈이 어떻게 된 거 아니야?"

갈래머리 옆에 서 있던 금발의 단발머리도 짝다리를 짚으며 한소리를 하기 시작했다. 연서는 재차 확인하고 어쩔 줄 몰라서 서 있는데 무리 중 하나가 손가락으로 연서의 가슴팍을 찌르기 시작했다. 그 바람에 뒤로 몸이 기운 연서는 세워놓은 캐리어 방향으로 넘어졌다.

"아……."

팔꿈치를 확인하니 까진 부위에서 피가 배어 나오고 있었다. 일어서려고 하는데 뜨악한 표정의 무리 얼굴이 생생하게 들어와 주위를 살펴보니 연서가 넘어지면서 캐리어가 쓰러졌고 그 바람에 그 위에 올려놓았던 쇼핑백들이 사방으로 날아가 안에 든 옷과 내용물이 모두 바닥으로 떨어져 흙투성이가 되어 있었다. 연서는 어떻게 해야 할지 몰라 우선 미안하다고 하며, 인포메이션 방향으로 달려갔고 눈에 띈 다른 봉사자에게 반쯤은 정신이 나간 상태로 설명하기 시작했다. 하지만 바들바들 떨리는 목소리에 눈물까지 터져 나왔고, 상대방은 연서의 상황과 말을 이해하지 못한 채 서 있기만 했다.

"YS! 무슨 일이야?"

그때 그 모습을 발견한 제프가 성큼성큼 달려와 연서의 등을 두드려주기 시작했다. 서러움에 북받친 연서는 더 큰 울음만 쏟아낼 뿐이고, 옆에 섰던 봉사자는 다른 방문객이 오자 어깨만 들썩이고 이내 자리를 떴다. 어느 정도 연서의 울음이 잦아들었을 때 제프는 다시 한번 부드럽게 위로하듯 물었다.

"무슨 일이 있었는지 말해줘. 천천히. 내가 도와줄게."

연서는 자초지종을 설명하기 시작했다. 이내 무슨 이야기인지 알아들은 제프가 앞장을 서고, 연서는 그 뒤를 따라 무리가 있는 숙소로 향했다. 둘이 도착했을 때 그들은 캐리어 위에 걸터앉아 자기네들끼리 불평불만을 털어놓고 있었다.

"저기, 프라이빗 숙소 예약했지?"

"근데 이 어이없는 숙소는 뭐야?"

"착오가 있었던 것 같은데 내가 다시 안내할게."

"착오? 이 더운데 이렇게 밖에 세워두고, 착오?"

그중 하나가 벌떡 일어나며 한 대 치기라도 할 기세로 다가섰다. 그러자 제프는 몸으로 밀어 막고서 당당하게 말을 이었다.

"뭔가 잘못 생각하고 있는 건 너희 아니야? 우리는 이 캠프가 좋아서 도움을 주고 있는 봉사자야. 어디에다가 아랫사람들 부리듯 함부로 해?"

"아니, 이 꼬맹이 때문에 고생한 건 난데 지가 성을 내고 지랄이야?"

"말 가려서 해."

제프는 물러섬이 없었다. 그 뒤에서 연서는 더욱 험악해진 상황에 어쩔 줄 몰라 하고 있었다. 제프가 한쪽 팔을 뒤로해 그녀에게 안심하라는 듯 손목을 잡아주었다.

"싫으면 돌아가. 다 환불 해줄 테니까. 내가 여기서 5년 동안 봉사했는데 너희처럼 예의 없는 댄서는 처음 봐."

그러자 갑자기 예의 없던 무리가 조용해지기 시작했다. 여전히 입을 삐죽거리긴 해도 더는 말을 하지 못했다.

"YS! 너는 인포로 가. 내가 맡을게."

그러고는 위풍당당하게 그 무리를 데리고 사라졌다. 그 모습을 보고 해결이 되었다는 생각에 안도하긴 했지만, 당황스러운 마음에 가슴은 여전히 방망이질 치고 있었다. 가까스로 정신을 차려 인포메이션으로 돌아오자 제이와 샘이 연서를 발견하고 괜찮은지를 물었고, 다시 터진 울음에 둘은 위로를 아끼지 않았다.

"처음이라 그래."

"그런 애들 많지 않아."

"YS! 잊어버리자. 너 정도면 아주 잘하는 거야. 저런 애들 말은 마음에 담아두지 마."

그들의 한없이 다정한 위로에 어느덧 울음을 그친 연서는 다른 방문객들을 하나둘씩 안내하기 시작했다. 그러는 와중에도 그가 생각났다. 자신을 든든히 지켜주는 수호신 같은 단단한 사람이.

"이거 두 시까지만 하고 저쪽 천막으로 와."

제프가 등 뒤로 연서를 스쳐 지나가며 천막을 가리켰다. 오늘은 카페테리아 보조인 연서는 눈코 뜰 새 없이 바빠 대답도 하지 못하고 고개를 다시 돌려 일에 집중했다. 늦은 점심을 먹고 차 한잔하기 위해 몰려드는 댄서들. 하지만 그들의 요청에 따라 커피를 만들고 디저트를 내가는 작업이 퍽 재밌었다. 그동안 경험했던 모든 포지션 중에서 가장 흐뭇하고 보람찬 일이었다.

'나중에 바리스타를 한번 해볼까?'

직업란에 항상 부모님이 원하던 교사를 써냈던 연서는 슬그머니 자신의 호기심과 흥미에 따라 바리스타를 써내고 싶다는 생각을 처음으로 했다. 그 모습을 상상하니 갑자기 엄마의 호통이 들리는 듯했다.

"야! 교사만큼 좋은 게 어딨어? 육아휴직도 쓸 수 있고 또 공무원이니 얼마나 안정적이야. 무슨 바리스타야? 그리고 원래 직업으로 삼으면 다 힘들어. 커피 만들고 내가는 게 우아해 보이지? 직접

해봐라. 그런 소리 쏙 들어가지."

하지만 연서는 이미 답을 알고 있었다. 경험을 해봤으니까. 어쩐지 자신이 조금 더 성장한 듯한 느낌에 어깨가 으쓱해졌다.

"YS! 오늘 수고했어! 저쪽 테이블만 정리해주고 가봐. 우리의 본분은 뭐니 뭐니 해도 즐기는 거니까."

제프보다 훨씬 더 오래 자원봉사로 일하다가 현재는 직원으로 근무하는 에이미가 눈을 찡긋해 보이며 말했다. 그 말에 달려가 잔들을 쟁반에 담아 수거한 뒤 개수대 안에 넣어놓고 리넨 앞치마를 벗었다.

"Hit the road!"

그 말을 외치며 연서는 카페테리아를 빠져나가 천막을 향해 냅다 뛰기 시작했다. 2시 10분. 수업이 막 시작했을 시간. 조금이라도 놓칠까 봐 걱정되었다. 사실 이 캠프의 왕초보자는 연서 혼자였다. 보통은 스텝을 알고 오기 때문에 비기너 수업이라도 완전히 기초적인 내용은 가르쳐 주지 않는다. 그러다 보니 수업을 따라가는 게 쉽지 않지만, 제프가 옆에서 도와주고 틈나는 대로 제이와 샘이 알려줘서 4주라는 시간 내에 이만큼 따라올 수 있었다. 그 때문에 늘 미안하고 고마운 연서였다. 도착해보니 이미 천막 안은 수강생들의 열기로 인해 후끈후끈해져 있었다. 에어컨이 없어서 땀범벅이 되지만 아무도 불평하는 이가 없다. 연서도 마찬가지였다. 제프는 중간쯤에 서서 스텝을 익히고 파트너와 함께 스윙아웃 베리에이션을 하며 솜씨를 뽐내고 있었다. 제프는 이미 자기 나라에서 중급반 강사를 해본 적이 있을 정도로 베테랑이지만 연서를 위해 이 수업을 들었다. 연서는 미안한 마음에 조용히 바깥쪽에 섰다. 안쪽에 선 남자들이 돌아가며 파트너가 되어주기 때문에 여자들은 움직이지 않아도 모두와 춤을 추며 수업을 들을 수 있었다. 하지만 제일 기다려지는 건 역시 제프와의 호흡이었다. 그가 연서의 수준에 맞춰주는 걸 알지만 그래도 갈수록 제법 잘 맞는다는 생각이 들었다.

'혼자만의 생각인가?'

연서는 확인하고 싶어졌다. 하지만 제프가 아니라고 하거나, 그마저도 배려해주는 마음에서 거짓으로 답할까 봐 용기가 나질 않았다.

'조금만 더 배우고. 조금만 더 잘 출 수 있게 되면 당당하게 물어보자.'

오늘 수업의 선생님들은 춤을 추다 만난 댄서 커플이었다. 그런 이들이 이 캠프 안에는 제법 있었다. 아무래도 파트너와 함께 합을 맞추기 위해서는 오랜 시간을 함께 보내야 하고 그 과정에서 서로의 매력도 알게 되니, 자연스러운 일이었다. 연서는 내심 그 모습이 너무 보기 좋다고 생각하면서 먼 미래를 상상해보게 되었다. 춤추는 바리스타 커플. 그런 기분 좋은 상상에 젖어 있을 무렵 산통을 깨는 일이 벌어졌다.

"헤이! 여기!"

연서에게 막말하며 경우 없이 굴던 갈래머리 일행이 모습을 드러낸 것이다.

'쟤네도 이 수업 듣는다고?'

늦은 것도 늦은 거지만 레슨 등록을 하지 않은 지인들과 남자 친구를 큰 소리로 불러들이고 있었다. 선생님들은 그 상황을 알면서도 뭐라 하지 못하고 수업을 이어 나가려 했지만, 그들은 적반하장으로 굴었다.

"야, 웃기지 않냐? 누가 저런 옷을 입어."

"그러게. 그리고 춤을 누가 저렇게 춘담."

그들 일곱 명은 웃고 떠들면서 다른 사람의 춤을 지적하며 조롱하고 있었다. 수강생들이 눈치를 줘 보지만 신경 쓰지 않았다.

"이렇게 하니까 내가 못 하지! 스투피드!"

그러다 파트너가 된 남자의 손을 뿌리치더니 자기 잘못까지 전가하며 화를 냈다. 상대의 얼굴은 빨갛게 달아오르고 이내 수업 분위기가 흐트러졌다. 그 모습을 발견한 선생님이 못내 한소리 했다.

"예의 좀 갖추세요! 춤추기 전에 인성이 먼저인 거 몰라요?"

하지만 갈래머리 일행들은 그 말을 우스꽝스럽게 따라 하기 시작했다.

"저거 무슨 악센트야? 러시아인가? 인성이 먼저인 거 몰라요? 큭큭. 웃긴다. 자기야말로 춤추기 전에 영어나 먼저 공부하고 오지."

다 들으라고 하는 소리에 여자 선생님의 얼굴이 험악하게 변하고 남자 선생님은 급기야 노래를 껐다. 주변이 일순간 조용해지면 정신을 차릴 줄 알았지만, 그들은 이제 자신들의 탓이 아니라는 듯이 어깨를 양쪽으로 한껏 올리며 여전히 낄낄대고 있었다. 그러다 연서를 발견했는지 손가락으로 가리키며 자기네들끼리 떠들기 시작했다.

“아니 일 안 하고 왜 여기서 이러고 있어? 돈 받은 만큼 해야 하는 거 아니야?”

잘 알지도 못하고 떠드는 말에 연서는 황당했지만 스무 명이 넘는 사람들 앞에 나서서 반박할 용기가 없었다. 그래서 인상만 잔뜩 쓰며 째려보고 있는데 그때 제프가 앞으로 나서 그 무리를 향해 다가섰다. 190센티미터에 가까운 키가 위협적으로 느껴지는 순간이었다.

“나가.”

“뭐야! 이 병신은?”

“나가라고. 안 들려?”

제프는 귓가에 손가락을 대며 다시 한번 반복했다. 그러자 일행 중 하나가 제프에게 바짝 다가서며 말했다.

“아이, 이 새끼……. 돈 거 아니야?”

제프는 그의 눈을 똑바로 바라보며 다시 한번 낮은 목소리로 그르렁대듯 말했다.

“꺼져. 나가라는 말도 아까워. 너희 같은 놈들은 여기 캠프에서 취급 안 해. 꺼지라고.”

“뭐? 네가 뭔데 꺼지라 말라야. 우리 돈 내고 왔어. 어쩔 건데? 어?”

급기야 다른 이들까지 합세해 제프에게 대들고 나섰다. 일촉즉발의 순간이었다.

“나가!”

그때 뒤에 서 있던 댄서가 제프를 따라 외치기 시작했다. 그 목소리에 다른 목소리가 합류하더니 이내 큰 함성이 되었다.

"나가! 나가! 나가!"

이제는 선생님들마저 허리에 손을 얹고 다가와 제프 옆에서 함께 인상을 썼다.

"조용히 나가는 게 좋을 거야."

이에 용기를 낸 연서도 다가서 제프 옆에서 한 마디를 보탰다.

"너희 여기 있어 봐야 소용없어. 너희랑 춤출 사람 없을걸? 너희끼리 실컷 추다 가든지."

그런데 그 말을 끝내자마자 갈래머리 여자가 손을 들어 눈을 쫙 찢는 제스처를 해 보였다. 연서는 그게 무슨 뜻인지 몰라 그냥 멍하니 서 있는데, 제프가 화를 내며 길길이 뛰기 시작했다. 선생님 둘은 연서의 팔을 잡고 뒤로 물러서라고 하더니 함께 합류해 따지기 시작했다.

"너희 같은 인종차별주의자는 필요 없어. 안 나가면 우리가 끌어낼 줄 알아. 엉?"

그리고 이내 동양에서 온 다른 댄서들까지 다가가서 으름장과 협박을 늘어놓기 시작했다. 그들 주위로 여럿이 둘러싸자 갑자기 꼬리를 내리고 천막 밖으로 빠져나갔다. 갑작스러운 태세 전환에 놀란 연서는 뒤에 가만히 서서 이 상황을 지켜보았다. 그런데 갑자기 제프가 다가와 괜찮냐고 묻더니, 그녀의 얼굴을 양손으로 잡고 살피기 시작했다. 연서의 얼굴이 그 때문에 빨개졌지만, 그는 오해한 듯했다.

"저런 애들 말 맘에 담아두지 마. 내가 대신 사과할게. 다시는 그런 이야기 안 듣게 할게. 내가 캠프에 단단히 말해둘게. 쟤네는 이제 여기 발도 못 붙여."

"……."

그리고 선생님은 제프에게 연서를 데리고 나가 바람을 쐬고 오라는 표시를 해 보였다. 둘은 그렇게 밖으로 나와 천천히 걷기 시작했다.

"근데 솔직히 무슨 상황인지 잘 이해를 못 했어."

"어?"

그 말에 당황한 건 제프였다. 어떻게 설명해야 할지 난감한 눈치였다. 하지만 연서는 이렇게 찝찝하게 돌아갈 수는 없다고 생각했다.

"나쁜 소리인 것 같기는 한데, 솔직히 말해줘."

"쟤네가 하는 소리 내가 다 들었잖아. 질 나쁜 애들이야. 보통은 아니라고. 너한테 나쁜 인상을 심어주고 싶진 않아. 이 춤도 처음이고, 이 캠프도 처음인데 후회할까 봐. 여기 괜히 왔다고 생각할까 봐 걱정돼."

"괜찮아. 그렇게 생각하지 않아. 제프랑 제이, 샘 덕분에 즐거웠고 그런 선입견 갖지 않아. 딱 봐도 날티 나는데 뭐."

"아까 쟤네가 한 짓은 인종차별적인 행동이야. 눈으로 양손을 찢는 건 동양인을 비하하는 뜻이고. 실은 지난번에 칭챙총이라고 하는 말도 그런 뜻이라고 보면 돼. 너무 상처받지는 마. 내가 여기 오래 있었지만 저렇게 무리 지어서 행동하는 애들은 처음이야. 기분

상하지 말고."

제프는 최대한 부드럽게 달래듯 말했다. 그 말에, 그 태도에 이미 마음이 다 풀어진 연서였다. 둘은 그렇게 숙소까지 걸어서 도착했다. 제프는 연서의 이마를 짚어보더니 가서 쉬라고, 저녁때 볼룸에서 만나자는 말을 하고 돌아섰다. 그를 잡고 싶었지만, 연서는 용기를 내질 못하고 숙소 안으로 들어섰다. 자리에 누워 무엇 때문인지 모를 미열에 한참을 뒤척여야 했다.

다시 이슥한 밤이 되자 숙소이자 강당 이 층 창문에는 화려한 조명이 반사되어 비치기 시작했다. 숙소에 들어온 이들은 저마다 코스튬을 하나씩 챙겨 자리를 떴고 연서 역시 자기가 가지고 있는 옷 중 가장 화려한 것과 제이가 빌려준 반다나를 머리에 하고 밖으로 나섰다. 외부 화장실로 가 똑똑 두 번을 두드리고 답이 없자 연서는 안으로 들어서 옷을 갈아입고 화장하기 시작했다. 비비크림을 살짝 바르고 가지고 있던 연한 펄을 눈두덩이에 발라주었다. 이 정도는 괜찮겠다 싶어 립글로스 두 개를 섞어 그러데이션을 주며 바르고 아이라인을 그린 뒤 마스카라로 속눈썹을 올려주었다. 그러고 나서 밖으로 나오니 멀리 제이와 샘이 보였다.

"헤이! 여기야."

연서는 손을 흔들어 보이고는 잽싸게 뛰어 그 둘에게 다가가 반가운 척했다. 제이와 샘은 제프에게 낮에 있었던 일을 들었는지 조심스럽게 그녀를 대했다.

"괜찮아. 나 괜찮다고!"

연서는 도리어 씩씩한 척을 해 보이고 그 모습에 둘은 슬그머니 웃더니 그녀에게 어깨동무했다. 셋은 그렇게 타운 전체에 울려 퍼지는 노래를 함께 흥얼거리며 날 듯이 뛰어 볼룸으로 향했다. 도착하자 수많은 사람 사이에 한 남자가 그들을 기다리는 게 눈에 띄었다. 감색 모직 양복바지에 멜빵을 한 제프. 이상하게 연서의 눈에 그의 모습만 또렷하게 들어왔다.

'사람이 이렇게나 많은데. 게다가 더 화려하게 입은 댄서들도 많은데.'

순간 자기 눈을 의심하며 감았다가 떠보지만 역시 그만 보였다. 그런 연서를 발견하고 손을 흔드는 제프. 연서는 달려가 점프해 그의 어깨를 가볍게 쳤다.

"걱정했어. 안 오는 줄 알고."

"아니지. 내가 이런 데를 왜 빠져. 절대 안 되지. 이제 삼 일밖에 안 남았는데."

그 말을 내뱉자 우울해지는 기분이었다. 그래서 세게 도리질 치며 다시금 명랑한 모습을 해 보이고 제이와 샘 그리고 제프와 함께 빠르게 안으로 들어갔다.

오늘은 마지막 주간이라 그런지 더욱더 멋지게 실내를 장식해놓았다. 천장에는 거대한 샹들리에가 흔들리고 그 아래 이미 흘러나오는 음악에 맞춰 스텝을 밟고 빙글빙글 도는 사람들. 그게 하나의 작품과도 같았다. 게다가 오늘은 밴드의 반주에 맞춰 춤을 출 수 있는 유일한 날이었다. 그래서 무대 위에는 이미 세팅된 악기가 놓여 있었다. 캠프에 온 사람 중에서 오늘만큼은 춤추러 오지 않는 사람이 없었다. 낮에 쫓겨난 일행 말고는.

"오늘 밤샐 준비 된 거지?"

"그럼. 안 오는 낮잠을 억지로 자느라고 얼마나 힘들었는데."

제이가 익살스럽게 답하자, 샘이 옆에서 동조했다.

"나도."

"라이브 연주에 춤추는 건 오늘이 처음이자 마지막이니까 홀딩 신청 백 번 해도 거절하지 않기!"

제프가 그 말을 하며 손을 내미는 시늉을 하고 연서가 손을 그 위에 올려놓자 다들 웃음을 터뜨렸다. 그리고 잠시 후 진행자가 마이크를 들고 안내를 시작했다.

"오늘을 위해 여기를 왔다 해도 과언이 아니죠! 멀리 덴마크에서 온 밴드를 소개합니다. 우레와 같은 박수로 맞이해주세요!!"

댄서들은 환호를 아끼지 않았다. 그런 열렬한 반응에 기분이 좋아진 밴드는 각자의 솔로 연주를 선보이며 답을 했다. 연서는 발 디딜 틈도 없이 꽉 찬 볼룸을 둘러보며 두근대는 가슴을 진정시키지 못했다. 라이브 연주보다 더 빨리 더 우렁차게 가슴이 쿵쾅대는 것 같아 호흡을 가다듬었다.

"이제 첫 곡 연주가 시작됩니다. 30분 연주 뒤에 20분의 휴식 시간이 있고, 총 네 타임 진행되니까 절대 놓치지 마세요!"

그리고 이내 시작된 첫 곡. 반주가 흘러나오자 다들 각기 자신의 파트너를 찾아가기 바빴다. 하지만 연서는 찾을 필요가 없었다. 바로 앞에 듬직하게 서서 손을 내민 채 기다리고 있는 제프가 있었다.

“셸 위 댄스?”

그 말에 웃음이 터진 연서는 한 손을 제프의 손 위에 얹고 한 손으로는 입가를 가리고 춤출 준비를 했다. 그리고 흘러나오는 느리지만 로맨틱한 선율에 맞춰 춤추기 시작했다. 제프의 눈을 똑바로 바라볼 자신은 없었다. 그래서 애매하게 시선을 피했다. 하지만 그러다 몰래 조심스럽게 눈을 쳐다보려 하면 그의 시선과 마주치고야 말았다. 연서도 느끼고 있었지만 춤추는 내내 제프의 눈은 그녀를 향해 고정되어 있었다.

‘춤에 이렇게 집중을 못 해서야…….’

아찔함을 느끼며 연서는 다시 리듬에 맞춰 스텝을 밟으려 애썼다. 하지만 그럴수록 발은 꼬이고 그의 리드에도 삐걱 대기만 했다. 그렇게 한 곡이 끝났다. 연서는 이제 제프가 다시는 자신에게 춤 신청을 하지 않을 거라 생각했다. 하지만 여전히 그는 손을 내밀어 연서의 선택을 기다리고 있었다.

“왜?”

“왜냐니?”

둘은 그렇게 다시 호흡을 맞춰 춤에 몰두하기 시작했다. 이날 제프는 연서에게 스무 번 넘게 홀딩 신청을 했다.

5

연서는 두 시간째 허리를 펴지도 못한 채 뜨거운 태양 아래서 엄청난 쓰레기를 줍고 또 주웠다. 일이 힘든 것보다 더 슬픈 건 이게 바로 캠프가 끝나간다는 증거였기 때문이었다. 제이와 샘 그리고 연서 셋은 덕분에 힘들다는 말조차 입 밖으로 내지 않고 묵묵히 맡은 일에 집중했다. 다행히 간간이 불어주는 시원한 바람 때문에 땀을 닦으려 하지 않아도 되었다. 불행 중 다행이라고 생각하며 연서는 치워도 치워도 끝이 없는 쓰레기들을 마대에 모아 담았다.

“자, 잠깐 쉬었다 해!”

셋의 마음을 아는지 모르는지 저 멀리서 제프가 시원한 음료수 네 개를 들고 나타났다. 그들을 보고는 마음이 급한지 잽싸게 달려오기 시작했다. 하지만 모두 허리를 펴고 그 모습을 바라볼 뿐 나서서 반기지를 못했다. 그들 앞에 선 제프는 뭔가 이상한 낌새를 눈치

채고 셋의 얼굴을 번갈아 보다가 차례로 어깨를 툭툭 치며 장난을 걸었다. 하지만 김빠진 콜라 같은 반응만 돌아오자, 제프는 영문을 몰라 시무룩해진 표정으로 음료수를 나눠주고 바닥에 앉아 마시기 시작했다. 이쯤 되면 누군가 입을 열어 분위기를 풀 법한데 누구도 그러질 않았다. 이 상황을 반전시킨 건 연서였다. 그녀의 볼을 타고 눈물이 뚝뚝 떨어져 음료수병 안으로 들어가는 것을 제프가 발견했기 때문이었다.

"YS! 무슨 일이야? 너희 혹시 싸웠어? 그래서 말도 안 하고 이러고 있었던 거야?"

제프가 농담 반 진담 반 장난스러운 말투로 말하며 다가섰다. 하지만 연서는 고개를 더 깊이 떨굴 뿐 아무 말도 없었다. 제프의 표정이 점점 심각하게 변해갔다. 지금 이 상황이 이해가 가질 않는 걸 넘어서서 무안하기까지 한 듯 벌게지기 시작했다.

"너희 진짜 이럴 거야? 끝까지 나 바보 만들 거야?"

제프는 화가 난 듯 격앙된 목소리로 물었다.

"캠프가 끝나가잖아……."

무거워진 분위기에 결국 입을 연 것은 샘이었다.

"뭐?"

"바보야! 다 끝났잖아. 그래서 그러는 거잖아. 너는 왜 기분을 못 읽어. 마음을 왜 못 알아차리냐고!"

답답했는지 제이가 버럭 소리를 지르고 자리를 떴다. 그 말에 연서의 눈물이 더욱더 빠르게 흘러내렸다. 그제야 상황을 알아챈 제프는 연서에게 다가가 어깨를 토닥이며 달래기 시작했다.

"그 맘 모르는 건 아닌데……. 나도 처음 왔을 때는 그랬어……. 하루 이틀 본 게 아니고 5주 동안 매일 같이 먹고 자고 한 사이라 헤어진다는 것도 실감 안 나고, 이 꿈만 같은 축제가 끝난다는 것도 싫었고……. 그 맘 모르는 건 아니야. 근데 잠깐만 우리 자리로 돌아가서 지내다 보면 다시 찾아와. 그때 또 즐기면 되는 거야. 그리고 한 번 온 사람들은 다시 또 온다니까? 우리 다시 만날 수 있어."

"……."

제프의 위로에도 오히려 연서는 울음을 토해낼 뿐이었다. 이제 끅끅거리며 우는 그녀를 제이까지 나서서 달래기 시작했다. 그녀 역시 울고 있었다. 샘은 눈물을 보이지 않으려 등을 돌리고 서서 애써 참는 듯 보였다. 이 상황에서 울지 않는 건 제프뿐이었다. 그는 난감해 어쩔 줄 모르고 있었다. 그때 연서가 안 되겠는지, 갑자기 일어서더니 제이와 제프의 팔을 잡고 샘 쪽으로 다가가 그를 돌려 세웠다.

"우리 약속해. 이러고 있지 말고, 이렇게 슬프게 끝내지 말고, 이런 식으로 캠프를 기억하지 말고, 웃으면서 헤어지고 다시 만나자. 다시 만나자고 약속해."

샘도 손을 내밀었고, 넷은 차례로 손을 포개 가볍게 위로 들어 올려 보였다. 그리고 옅어진 눈물 대신 슬쩍 미소를 내비쳤다.

"오늘은 마지막이야아."

연서는 애써 명랑하게 볼룸 앞에 도착해 제프의 등을 찰싹 한 대 때리며 말했다. 장난을 치려 했지만, 진심이 섞인 탓에 손에 힘이 너무 들어갔다. 제프는 살짝 얼굴을 찡그리며, 그렇다고 사람을 때리냐고 하면서 복수를 한답시고 연서에게 딱밤을 먹이려 했지만, 그녀는 제프를 피해 도망치고 그런 그녀를 끝까지 제프가 따라다니는 탓에 아수라장이 되어버렸다. 평소보다 더 과한 장난을 보며 샘과 제이는 씁쓸하게 웃었다.

"시간이 아깝다. 우리 이제 마지막 춤을 추러 가야지."

샘과 제이가 둘을 찾아 끌고 볼룸 안으로 들어섰다. 춤을 출 수 있는 마지막 자리이지만 이미 많은 댄서가 집으로 돌아가 그렇게까지 붐비지 않았다. 하지만 그 때문에 여유롭게 추고 싶은 대로 춤출 수 있었다. 샘과 제이가 먼저 홀딩을 하며 무리 속으로 사라지고 제프와 연서만 남았다. 이번에는 연서가 먼저 홀딩을 해달라는 표시로 두 손을 앞으로 내어 보이자 제프가 한 손을 다른 쪽 허리로 대 보이며 감사의 표시를 했다. 둘은 그렇게 'Fly me to the moon'에 맞춰 하늘거리듯 춤을 췄다. 연서는 노래에 최대한 집중하며 선율에 몸을 맡기듯 부드럽고 가볍게 움직였다. 그리고 제프는 그런 연서를 서포트하며 물 흐르듯 끊기지 않게 동작을 이어가고 또 리드했다. 노래가 거의 끝날 때쯤 가까이 선 자세를 하자 둘의 얼굴이 마주쳤다. 제프는 모든 걸 다 이해한다는 듯 연서의 눈을 바라보며 눈빛으로 말했다. 슬픔이 가득 찬 연서의 눈이 반달처럼 휘어졌다. 그리고 둘은 춤을 마무리하고 서로를 보며 인사했다. 이날 연서는 아침이 다가올 때까지 한 번도 쉬지 않고 댄서들과 홀딩을 했다. 마음은 차분했지만, 가슴만은 뜨거웠던 마지막 파티였다. 다행스러운 건 아쉬움을 한 톨도 남기지 않았다는 점이었다. 마무리를 잘했다고 자신을 위로하며 연서는 볼룸을 나섰고, 차가운 새벽 공기가 코끝을 스쳤다. 절대 잊을 수 없는 여름이 될 것임을 느낄 수 있었다.

"우리 이제 진짜 헤어질 시간이네."

제이와 샘이 여행용 캐리어를 끌고 나와 인포데스크 앞에 섰다. 그리고 가슴에 달았던 자원봉사자 배지를 떼어 연서에게 건넸다.

"나도 너무 아쉽지. 그래도 YS 덕분에 너무 즐거운 캠프였어. 지난번에는 며칠 있지도 않아서 이런 기분 느끼질 못했는데……. 우리 기회가 되면 또 보자고."

"그래, 덕분에 잘 있다 가. 내년에 또 만나자."

그렇게 아쉬운 작별을 하고 돌아선 연서의 눈가에 눈물이 맺히기 시작했다. 혼자만 너무 슬퍼하는 것 같아 티는 내지 않으려 했지만, 바닥에 쓸리며 굴러가는 캐리어 바퀴 소리가 크게 울려 퍼지자 연서는 결국 주저앉았다. 제프는 그 둘에게 그런 모습을 보여주지 않으려 연서를 가린 채 서서 끝까지 웃으며 손을 흔들었다. 그의 뒤에서 연서는 한참 더 눈물을 흘린 뒤에야 마음을 추스르고 일어설 수 있었다. 하지만 마음은 여전히 개운하지 않았다. 이제 정말 하기 싫은, 가장 슬픈 작별 인사가 남았기 때문이었다.

"나 가면 너 어쩌려고 그래?"

제프가 농을 던졌다. 그러자 연서의 눈에서 다시 눈물이 쏟아졌다. 그는 두 손가락으로 볼을 쓰다듬듯 눈물을 닦아주고 가볍게 등을 두드려 주었다. 연서는 토끼 눈을 하고 그런 그를 빤히 쳐다보았다. 그를 만났던 첫날부터 같이 자전거를 타던 날과 인종차별을 하는 무리에게서 구해주던 때 그리고 홀딩을 스무 번 넘게 했던 황홀했던 라이브 연주까지 파노라마처럼 스쳐 지나갔다. 연서는 그 기억에 다시 마음이 무너져 내리는 듯했지만 웃으며 보내주자고 다짐했다. 다행인지 불행인지 제프보다 자신이 먼저 떠나야 했다. 마지막까지 남아 정리해야 하는 그와는 달리 리턴티켓 날짜가 빠른 연서는 두 시간 후 버스를 타고 공항으로 향해야 했다.

"아무 말 안 할게. 어떤 말이라도 널 울릴 것 같아서."

제프는 씩 웃으며 입에 지퍼를 잠그는 표시를 해 보였다. 연서는 그 말에 웃으며 또 울었다. 둘은 마지막으로 마을을 둘러보기로 했다. 함께 자전거를 탔던 언덕에서 아래를 내려다보고 또 볼룸 앞에서 추억에 잠겼다가 다시 텅 빈 천막을 보며 맨바닥에서 스텝을 살짝 밟아보기도 했다.

"나 꿈이 생겼어."

"뭔데?"

"춤추는 바리스타."

"멋진데?"

"그래서 열심히 일하고 꼭 캠프 때마다 와서 춤도 출 거야. 언젠가 잘 추게 되면 강사도 해보고 싶어. 물론 취미로."

"그래. 멋진 꿈이다. 이룰 수 있을 거야."

"제프는 꿈이 뭐야? 아니, 지금 꿈대로 사는 거야?"

"음……. 맞는 거 같아. 나는 별다른 꿈은 없고 오늘 죽어도 아쉬움 없는 하루를 살자는 게 목표거든. 그렇다면 맞는 것 같아."

오랜만에 제프가 진지한 표정을 지었다. 그 말에 연서는 왠지 어른스럽다는 생각이 들어 가슴이 더 두근거렸다. 제프를 대할 때 드는 감정은 뭔지 아직 자신도 잘 몰랐지만 표현하지 않고 돌아가기로 했다. 한국에 가서도 계속 이런다면, 그에게 메일을 보낼 참이었다. 다시 내년 캠프에서 또 만나자고. 그렇게 둘은 다시 제이와 샘과 헤어졌던 인포데스크 앞으로 돌아왔다. 공항으로 향하는 버스가 곧 도착할 시간이었다. 연서는 먼저 악수를 청했다. 제프는 그 손을 잡고 씩씩하지만 다정하게 흔들어주었다.

"갈게."

제프가 휴대전화를 내밀었다.

"혹시 모르니까……. 메일 주소 적어줘."

"나도 적어줄게."

카카오톡을 사용하지 않는 제프와는 라인으로 대화하면 되지만 아직 깔지 않은 상태라 메일 주소를 교환하기로 했다.

"dancing in the moonlight? 이거 맞지? 역시……."

연서는 그의 메일 주소를 확인하고 슬며시 웃어 보였다. 그리고 손을 흔들고 앞에 선 버스에 탔다. 창가 자리에 앉아 멀어지는 그의 모습에 대고 손을 흔들었다. 그리고 그렇게 제프가 자신을 보질 못할 때까지 자신이 그를 보질 못할 때까지 팔을 내리지 않았다. 모든 건 그렇게 끝이 났다.

세 시간 만에 공항에 도착한 연서는 리턴티켓을 확인했다. 날짜와 시간은 맞았다. 돌아가기로 한 그날이었다. 공항은 한산했다. 연서는 첫날 들렀던 매점에서 에비앙 한 병을 사고 짐을 부치기 위해 카운터로 향했다. 머리를 하나로 묶은 상냥한 승무원이 그녀에게 인사를 건네고 티켓과 여권을 건네달라고 했다.

"여기요."

그런데 그걸 확인한 승무원이 고개를 갸웃거리기 시작했다.

"저……. 오늘 비행편이 아니신데요?"

"네? 오늘 맞아요. 제가 날짜도 확인했는데요."

"뭔가 잘못 발권하신 것 같은데……. 제가 한 번 확인해볼게요. 항공권을 이 날짜로 발권한 게 맞으실까요?"

그녀는 모니터를 돌려 보여주며 말했다. 오늘이었다.

"네. 맞는데요."

"그럼, 오늘 오시면 안 되는데요."

"네?"

연서의 머릿속이 복잡해지기 시작했다.

'무슨 말이지?'

"오늘이 7월 27일인데 이건 8월 말에 돌아가는 비행편이잖아요."

"네? 오늘이 7월 27이라고요? 8월 24일이 아니라요?"

"네."

"지금이 7월 27일 오후 4시입니다만……."

"네??"

연서는 아까 물을 사고 받았던 영수증을 확인해보았다. 같은 날짜로 찍혀있었다. 당황스러웠다.

'내가 밴쿠버에 도착한 날이잖아. 게다가 같은 시간에서 5분밖

에 안 지났잖아.'

픽업을 나오기로 했던 게 4시 5분. 그제야 모든 게 퍼즐이 맞춰지는 것 같았다. 공항에서 연서에게 이상한 찻물을 주었던 할머니, 그 사람이 키라는 것을. 그리고 모든 건 그 후에 벌어진 일이라는 걸. 하지만 댄스 캠프에서 있었던 일이 다 한낱 꿈이나 허상이라는 걸 믿을 수 없었다. 그래서 스마트폰을 재빨리 확인해보았다. 날짜와 시간은 모두 오늘로 되어 있지만, 만약 그게 꿈이 아니라면 제프와 교환했던 이메일 주소는 메모장에 남아 있어야 했다. 그리고 앱을 오픈했을 때 뜬 새 메모 하나.

'dancing_in_the_moonlight@gmail.com'

그때 전화가 울리기 시작했다.

"네?"

"연서 학생이죠? 지금 픽업 나와서 기다리고 있는데 어디쯤이세요?"

"아……. 저 지금 가요. 잠깐만 기다려 주세요."

연서는 휴대전화를 꼭 쥐고 걸음을 서두르는 동시에 다짐했다. 얼른 메일을 보내자고.

보이지 않는 것들의 숲

정재희

나는 어둠과 빛 사이
음악도 시도 아닌 묶음
꽃과 풀과 흙을 지나 희미한 연기
그러나 파랗게 부신, 열매를 품은 조각
낮게 흘러 다니던 구름, 깊은 들숨과 노래하기 직전의 감은 눈.

돔 시티를 바깥에서 바라보니 기묘했다. 빠져나온 뒤 얼마 되지 않아 다시 돌아가기 시작한 환풍기에서 윙윙 소음이 들려왔다. 가슴이 서늘해졌다. 더 서둘러야 했을까? 나루는 AI 얀에게 말했다.

"얀. 돌아갈 때는 더 빠르게 통과해야겠어."

"몇 초?"

"네 계산보다 7초쯤?"

"다시 입력해 줘. 그렇게 오래 멈추면 들켜."

"……그냥 출발하자."

모든 걱정은 고개를 들어 하늘을 보자마자 사라졌다. 처음엔 하늘에 초점을 맞출 수 없어 당황스러웠다. 현기증이 날 정도로 높고 눈부셨다. 옛사람들은 하늘을 보며 우수에 젖곤 했다지. 이렇게 가슴이 벅차 터질 것 같은데 어떻게 우수에 젖지? 아카이브 갤러리에서 본 거랑 비교도 되질 않잖아. 나루는 비로소 광활하다는 말의 진짜 의미를 이해할 수 있었다. 필터를 거쳐 들어오는 공기에서 허브가 씹히는 것 같았다. 왼쪽 눈의 렌즈를 광각 모드로 전환하고 빠르게 두 번 눈을 깜박였다. 멀리뛰기 모듈로 다른 각도에서도 찍어둘까. 잠시 갈등하다가 생각을 바꿔 비히클의 시트에 뛰어올랐다. 얀이 다시 잔소리를 시작했다. 호흡 장치를 빼지 말라는 경고로 시작해 알람이 울리면 즉시 밸브의 필터를 교체할 것, 절대 슈트를 벗지 말 것. 어쩌자고 허락 없이 바깥에 나온 것이냐는 학습된 비난도 잊지 않았다. 긴 잔소리는 얀의 성능이 그만큼 우수하다는 뜻이기도 했다. 나루는 히죽 웃으며 얀의 볼륨을 줄였다. 바깥이다! 바깥에 나왔다!

나루는 훌륭하게 제 역할을 해낸 로봇벌을 소중히 주머니에 챙겨 넣었다. 벌을 잃어버리면 들키지 않고 돌아올 방법이 사라진다. 그런 일이 있어선 안 되지. 잘 상상이 가지는 않지만, 키코는 분명 난리를 칠 거였다. 매를 찾는 데 얼마나 걸릴까? 세 시간? 반나절?

하루를 넘기진 않겠지, 설마.

리얼 파라미터, 눈금, 내비게이션……. 점검은 얀이 이미 했을 테고. 빠르게 계기판을 훑던 시선이 자동 주행 장치에 이르러 멈췄다. 심장박동이 빨라지자 손목의 바이탈 씰이 은은하게 발광했다. 나루는 기본 경고음을 제외한 알람을 차례로 끄고 출력을 높였다. 만약에라도 들키면……. 그건 뭐, 나중에 생각하자. 매를 찾아냈다고 하면 좀 봐줄지도 몰라. 어쩌면 무지 칭찬받을지도. 작은 기대감에 가슴이 부풀어 올랐다.

나루의 비히클이 사뿐히 날아올라 앞으로 나아갔다.

경계선 너머, 숲을 향해.

"뭐? 뭘 찾으러 간다고?"

테오는 입가로 향하던 포크를 멈추고 눈을 커다랗게 떴다.

"내 눈으로 직접 보고 싶어. 홀로그램은 이제 지겨워."

아무 말도 못 하고 긴 속눈썹만 깜박거리는 친구를 보며 나루가 접시를 가리켰다.

"그러지 말고 피망도 먹지 그래? 남기면 아깝잖아."

"나는 별로……. 아니, 그보다 정말 바깥에 가겠다고?"

나루는 피망을 집어 한입에 넣었다. 네오팜에서 재배된 야채들은 상처 하나 없이 완벽한 대칭이었다. 아카이브 갤러리에서 본 바에 의하면 자연 그대로 길러진 채소들은 그렇지 않았다. 우락부락한 모습에 색깔도 균일하지 않았다. 먼 과거에는 저런 걸 직접 요리해서 먹었다고 했다. 돔 시티 안의 그 누구도 자연에서 자란 걸 직접 먹어보지 못했다. 물론 그런 수상한 것을 먹었다가 어떤 병에 걸릴지 모르지만.

테오는 아예 포크를 내려놓고 심각한 표정을 짓고 있었다.

"바깥의 상황이 꽤 괜찮아졌다는 얘기는 나도 들었어. 하지만 혼자서 바깥을 탐험하겠다니, 위험하지 않을까?"

"여기는 안전하고?"

우리 모두 언젠가는 나가야 하지 않을까……. 나루는 나머지 말을 하지 못하고 삼켰다. 두 사람에게 허락된 식사 시간이 끝나가고 있었다.

요즘 돔 시티의 상황이 심상치 않았다. 나루의 공동 양육자들은 에너지 순환 재생 센터에서 일했다. 특히 나루가 가장 좋아하는 키코는 다른 사람들과는 달리 돔 바깥 자원을 활용한 바이오매스에 관심이 많았다. 그녀는 나루에게 직접 만든 로봇벌을 선물하기도 했다.

얼마 전, 정찰용 AI의 오염 사고가 난 뒤부터 키코는 늦게 돌아오는 일이 점점 잦아졌다. 어두운 눈빛으로 생각에 잠겨 나루가 부르는 소리를 듣지 못하기 일쑤였다. 책임자들을 처벌해야 한다는 사람들은 키코가 일하는 부서를 지목하고 있었다. 드론을 내보내지 말고 돔 시티 전체를 완전히 닫아야 한다는 여론도 형성되었다.

감염으로 인류의 존속이 위협받을 수도 있다는 두려움 탓이었다.

"알았어. 내 비행 슈트를 가져가. 방학 동안만 빌려주는 거니까 무사히 갖고 돌아와야 해. 안 그랬단 봐라!"

테오는 부루퉁한 얼굴로 으름장을 놓듯 주먹을 가볍게 쥐고 흔들었다.

"PAV를? 내가 잘못 들은 거 아니지?"

"대신 매는 같이 키우는 거다."

양육 센터에서 나왔을 때 나루는 여섯 살이었다. 돔 시티 가장자리에 있는 키코의 집에서는 드론이 출입하는 슬롯들이 보였다. 발전소와 연구소, 에너지 타워와 저장 탱크……. 나루는 그런 것들을 싫증 내지 않고 몇 시간이고 관찰하며 행복해했다. 몇 달 되지 않아 시설에 대한 지식이 제법 쌓이자, 복잡한 질문을 하기 시작했다. 키코는 나루에게 인공지능 친구 얀을 만들어 주는 것으로 상황을 해결했다. 나루는 글과 그림으로 자신만의 관찰 기록을 만들었다. 나루가 여덟 살이 되자 키코는 커다란 책상을 사서 가장 큰 창문 앞에 놓아주었다.

어느 오후. 나루는 정찰기들이 돌아올 시간에 맞춰 샌드위치를 만들고 있었다. 데우지 않은 재료들을 그대로 쌓아 올린 차가운 샌드위치였다. 나루는 식사를 마쳤지만, 식탁을 떠나지 않고 바깥을 보고 있었다. 임무를 마친 드론이 방역 슬롯으로 들어가는 중이었다. 그때 창밖에서 무언가 빠르게 날아올랐다. 그것은 우아하게 공중을 선회하더니 순식간에 서쪽으로 사라졌다. 바깥의 공기를 정화해 시티에 공급하는 환풍 시설 쪽이었다. 나루는 재빨리 멀티패드를 꺼내 들었다. 완성된 스케치는 마음에 들지 않았다. 낯설고 이상했다. 저장할 때까지도 나루는 그게 뭔지 알 수 없었다. 그림의 파일명을 〈새〉라고 지정한 것은 얀이었다. 커다란 느낌표가 쿵쿵, 나루의 가슴을 두드렸다.

친구들은 크게 웃으며 머리를 흔들었다. 바깥에 새들이 살아있다면 우리는 곧 바깥에 나가 살 수도 있겠네.

나루는 돔 안에 사는 모든 생물체의 정보를 열람했다. 마침내 가장 흡사한 것을 찾아냈다. 멸종 동물 데이터를 헤매던 중이었다. 노란 테두리의 눈과 갈고리처럼 구부러진 부리, 길고 뾰족한 날개. 나루가 본 새는 매였다. 사람의 어깨 위에 앉아 날카로운 눈으로 렌즈를 마주 보는 사진도 있었다. 어디든 날아갈 수 있는데도 사람과 친구가 되다니! 게다가 살아있어! 그러나 나루의 간절한 열망에도 불구하고 새는 다시 나타나지 않았다. 나루는 서서히 그 사건을 잊었다. 사람들 말처럼 자신이 헛것을 보았나 가끔 생각했다. 열 살이 넘자 그 사건을 떠올리는 일은 아예 없었다.

바깥에는 아무나 나갈 수 없었다.

다른 돔 시티와 교류하는 외교관이나 키코와 같은 연구원 정도가 유일했다. 대부분은 나간다는 상상만으로도 진저리를 쳤다. 나루의 부탁으로 키코는 비행 기록을 가져다주었다. 돔 시티 간의 비행은 안전이 보장된 에너지 최적화 경로였다. 영상은 실망스러웠다. 버추얼의 화려함에 익숙한 나루에게 바깥 풍경은 황폐하기만 했다. 밀려오는 졸음과 싸우며 모래 구역을 지나는 장면을 보고 있을 때였다.

"녀석이다!"

분명 예전에 보았던 모습 그대로였다. 크고 강해 보이는 매가 커다란 청회색 날개를 펼치고 날아가고 있었다.

한동안 잊고 있던 열정이 되살아나자, 나루는 몰래 나갈 방법을 찾았다. 드론이 외부로 날아갈 때 특정 주파수가 잠시 환풍기를 정지시키는 순간이 있었다. 그러나 그 시간은 너무 짧아서 사람이 들어갔다가 나오기 전에 다시 가동되기라도 하면, 큰 사고가 일어날 것이었다. 로봇벌 실험은 가뿐하게 성공했다. 드론과 로봇벌은 기본적으로 같은 원리로 날았다. 문제는 비히클을 타고 어떻게 환풍기를 통과하느냐였다. 도무지 시간이 맞지 않았다. 나루는 포기하는 성격이 아니었다. 실행일을 여름방학으로 정하고 키코의 출장을 기다렸다.

들키지만 않으면 돼. 아니, 성공하면 다 용서해 줄 거야.

처음 밀어닥친 재난은 쓰나미였다고 했다.

엄청난 높이의 파도가 대륙의 절반 이상을 휩쓸었다. 하지만 그

건 차라리 견딜 만한 상황이었다. 기온이 더 높아지자, 물이 증발하기 시작했다. 중력과 온도 사이의 평형이 깨져 H_2O가 대기권에서 탈출하게 된 거였다. 소수의 사람이 우주로 탈출했지만, 연락이 끊어진 관계로 성공 여부를 알 수 없었다.

유일한 희망은 돔이었다. 다른 행성에 가기 위해 만들어진 기술이었지만 일단 남은 사람들을 위한 도시 건설이 급했다. 성간 비행 기술이 안정되기 전에, 인류는 지구를 다른 행성으로 만들어 버린 셈이었다.

일곱 개의 돔이 완성되었지만, 테러로 파손된 한 곳이 재앙을 피하지 못하고 검은 물결 속으로 사라졌다. 대참사가 일어나고 많은 시간이 흘렀다. 가장 경쟁이 치열했던 돔은 얼마간 운영되다가 버려졌다. 오염된 공기 탓이었다. 그 도시의 발전소가 오히려 온실가스를 생성하고 지반을 연약하게 만들고 있다거나, 실패가 예견된 실험 케이스였다는 흉흉한 소문이 돌았다. 도시를 버리고 바깥으로 나온 시민들은 얼마 버티지 못했으므로 누구도 진실을 확인할 길이 없었다. 이주 첫 세대는 매년 그들을 추모했다. 세대가 바뀌면서 대참사의 날은 이주 기념 축하의 날로 바뀌었다. 바깥의 생존자들에 대한 기록은 끊어진 지 오래였다. 남아있는 돔은 다섯 개. 나루는 네 번째 돔 시티에서 태어났다.

"얀, 플라스틱 시대의 사람들은 무슨 생각이었을까?"

"쓰나미가 닥치기 전날까지 돈을 벌려고 안달했던 사람들에 대한 기록이 있어."

"맙소사. 자신이 어떻게 살건 지구에는 영향이 없을 거라고 믿었던 걸까?"

버추얼 시스템으로 재현된 돔 밖 풍경을 처음 체험했을 때 나루는 자기도 모르게 인상을 찌푸렸다. 홀로그램 아카이브가 보여준 숲은 무섭게 불타오르고 있었다. 토네이도나 홍수에 휩쓸려 뿌리째 뒹굴며 썩어가는 나무 위로 검고 끈적한 비가 내렸다. 그 후에는 누렇고 거친 들판과 메마른 강, 파괴된 도시의 잔해들이 이어졌다. 색채 없는 풍경 속에는 생명의 흔적이 없었다. 그런데 유독가스로 가득 찬 저 바깥에 매가 있다고? 주위 환경에 적응한 특이한 케이스일까? 맹수가 존재하려면 적어도 수백 단계의 생태계가 보존되어 있어야 했다. 나루가 알기로 세부와 전체가 따로따로 존재하는 세상은 가능하지 않았다. 우리는 플라스틱 시대의 사람들과는 달라. 모든 게 연결돼 있다는 것을 알고 있지.

"불타는 숲에서 파티를 연 격이잖아. 어떻게 하면 그렇게 안이할 수가 있지?"

"결과를 알았을 때는 이미 늦어 있었던 거지. 세상을 살리면 편리함을 포기해야 하니까. 전기를 더 많이 쓰지 않고는 기상이변을 견딜 수 없었으니까."

"너무 무책임하잖아!"

"모든 것은 극점에서 시작되었어. 정말로 책임이 있는 사람들은 비교적 괜찮은 곳에서 살고 있었지."

"하지만, 그다음에는?"

"네가 이미 아는 것과 같아. 오세아니아를 거쳐 중동과 서유럽, 아시아, 북아메리카가 동시에 파괴되었고 나머지 지역이 그 뒤를 이었어."

얀의 설명과 동시에 온통 휩쓸리고 무너지는 광경들이 화면을 겹겹이 채웠다. 나루는 고개를 저었다.

"얀, 내가 알고 싶은 것은 플라스틱 시대와 돔 시대의 사이에 대해서야. 새들의 둥지가 정말 전부 사라졌을까? 어깨 위에 매를 올리고 살던 사람들도?"

"돔 시티들이 완공될 때까지의 이야기는 이미 잘 알고 있잖아. 지난번에도 이주하지 않은 사람들에 대해서는 더 이상 듣고 싶어 하지 않았으면서."

마지막으로 본 자료를 떠올리자 다시 마음이 아파졌다.

"생존에 성공한 사람들도 있었을지 모르잖아."

"그렇게 생각해? 잘 숨었다 해도 그 후에 식량을 구할 수 없는데 어떻게 살아남아?"

나루는 시무룩한 얼굴로 대답하지 않았다. 얀 역시 더 이상 묻지 않았다. 사람들은 다양한 방법으로 바깥에서의 마지막 시간을 보냈다고 했다. 스페이스 콜로니로 이주를 꿈꾸던 이들이 특히 인상적이었다. 그들은 우주선을 띄우는 데까지는 성공했지만 얼마 가지 않아 모든 신호가 끊어졌다.

"돔을 좀 더 많이 만들면 좋았을 텐데. 그래서 더 많은 사람이 살아남았더라면."

한참 조용하던 나루가 탄식하듯 중얼거리자, 얀이 기다렸다는 듯 현재 남아있는 돔 시티들의 화면을 띄웠다.

"사람들이 그만큼 미리 준비했다면 돔은 필요하지 않았을 수 있어. 준비를 시작했어야 했던 때를 얘기하려면 아주 먼 과거로 돌아가야 해."

하긴. 그렇게 많은 사람이 모두 다 살 방법은 없었을걸. 어떤 학자들은 수많은 사람이 일시에 죽지 않았더라면, 인류는 멸종했을지도 모른댔어. 나루는 씁쓸한 얼굴로 입을 꾹 다물었다.

"고작 어린아이가 대체 어떻게 환풍 장치를 멈출 수 있었던 겁니까? 보안에 심각한 문제가 있는 거 아니에요?"

위원장은 한 번도 두들겨 보지 않은 회의 봉을 노려보며 오른손을 꼼지락거렸다. 지금이야말로 써볼 기회가 아닐까.

"지금 최선을 다해 찾고 있어요."

가장 나이가 많은 원로위원이 목소리에 힘을 주었다.

"영리하고 차분한 아이라고 합니다. 금방 돌아올 겁니다. 먹을 것이 없을 테니 어차피 오래 버틸 수 없어요."

처음 이의를 제기한 위원이 고개를 저으며 눈에 힘을 주었다.

"지금 그게 문제가 아니지 않습니까. 밖에 나갔던 아이를 돔 안에 들일 수 있습니까?"

"슈트를 입고 나갔으니, 감염될 일은 없다고 봅니다."

"모래 폭풍에 휘말리거나, 시간 내로 못 찾으면요?"

위원장은 아까 회의 봉을 두들겨 보지 않은 것을 후회했다.

"만약 사흘 안에 돌아오지 않으면 아이가 살아 있어도 돔 안에는 들일 수 없습니다. 그것만은 확실하게 하지요."

침묵의 장막이 모두의 모니터를 가린 듯 한동안 아무도 말을 하지 않았다.

"야, 숲까지는 얼마나 걸릴까?"

"지금 속도라면 12분 후 서쪽으로 나타날 거야."

나루의 왼쪽 눈에 낀 렌즈를 통해 반투명한 레이어가 겹치면서 표시 아이콘이 나타나던 증강현실이 끝났다. 나루는 마른침을 삼켰다. 이제 진짜 모험이다! 어느덧 발아래는 잔물결이 이는 바다 위로 바뀌어 있었다. 바다를 보자 바람을 맞지 않아도 바람이 느껴지는 것 같아 잠시 눈을 감았다가 아차 싶어 얼른 눈을 크게 떴다. 매를 보러 나왔다는 사실을 잊을 뻔했잖아.

검은 분진 같은 것들을 발견한 것은 해안가를 지나던 중이었다.

"저게 뭐지? 새로운 오염물질인가? 발전소에 문제가 생겼나? 얀, 근처에 다른 돔 시티가 있어?"

"아니, 없어. 너는 반대편으로 날아왔어."

"그럼, 저게 뭐지?"

잘게 찢은 종이, 무언가 타고 남은 재처럼 보이는 것들이 비히클

보다 낮게 떠 있었다. 떠 있는 줄 알았는데 움직였다. 움직이나 싶었는데 조금씩 형태가 바뀌고 있었다. 마치 살아있는 것처럼……. 혹시 내가 모르는 아주 작은 새? 나루는 얼른 사이클릭 조종간의 방향을 틀어 고도를 낮추었다.

"뭔지 모르면서 너무 가깝게 가는 것은 위험할 수 있어."

얀이 경고했지만 나루의 귀엔 들리지 않았다. 검은 무리가 좀 더 가까워지자 얀이 말했다.

"곤충 떼다. 방향을 꺾어!

나루는 곤충이라는 단어를 몰랐던 게 아니었다. 익숙지 않은 단어라 뒤늦게 알아들었을 뿐이었다. 비행각을 조종했을 때는 이미 잿빛의 악마가 비히클을 에워쌌다. 순식간이었다. 앞이 보이지 않았다. 마치 꼬리를 치켜든 새처럼 비히클이 위태롭게 아래를 향했다. 나루의 바이오씰이 붉게 점등하고 경고음이 급하게 울렸다.

무언가 작은 물체가 떨어지는 소리. 솨아아 하는 간지러운 소리. 요정의 발걸음 같은 타닷 타닷 가벼운 소리, 사방에서 들려오는 새소리를 나루는 한동안 요정들의 음악 소리라고 생각했다.

눈이 부셔서 뜰 수 없었다. 낯선 느낌. 낯선 공기. 여긴 어디지? 조심스럽게 눈을 떴다. 어째서…… 찬란하다! 반짝거리며 흔들리는 초록 이파리 사이로 빛무리가 어룽거렸다.

"얀, 나 살아있지?"

"……."

"혹시 우리 추락한 거야?"

"……."

"우리 어디에 있어? 대답해, 얀! 왜 그래!"

나루는 얀의 소리 모음 센서를 조절했다.

"얀, 얀!?"

설마……. 비히클에서 기어나와 몇 번 더 얀과의 대화를 시도했지만 소용없었다. 나루는 머리카락을 헝클고 쥐어뜯었다.

나루가 바깥에 나왔다는 사실은 테오밖에 몰랐다. 당연히 구조대를 바랄 수도 없었다. 키코가 출장에서 돌아오기까지는 열흘. 테오도 그 이후에나 나루가 돌아오지 못한 사실을 알게 될 거다. 그때까지 버틸 수 있을까? 나루는 힘이 쭉 빠져버렸다. 팔랑거리는 꽃잎 한 장이 바로 옆에 떨어졌다. 홀로그램이 아닌 진짜 꽃잎이었다. 나루는 가만히 눈을 감았다. 매를 찾아내면 뭘 해. 전하지도 못하고 여기서 죽을 텐데. 두려움과 무기력이 순식간에 나루를 덮쳤다. 잠자코 죽음을 기다리는 수밖에 없겠지. 저절로 눈물이 흘렀다. 우니까 콧물도 났다. 필터를 잠깐 빼고 코를 풀어버릴까. 그러면 감염되어서 빨리 죽을지도 몰라. 차라리 그게 나을까? 살랑거리는 나뭇잎 사이로 보이는 하늘은 왜 저렇게 예쁜 거야! 구름이 저렇게나 빨리 흘러가는 거였구나…….

주먹으로 눈물을 훔치는데 불쑥 누군가의 얼굴이 풍경을 가로막았다.

"뭐하냐? 그런데 누워있다간 뱀에게 물릴지도 몰라."

갈색으로 그을린 긴 팔과 다리를 그대로 드러낸 아이가 나루를 내려다보며 발을 까닥거리고 있었다. 나루는 소스라치게 놀랐다. 발그레한 볼에 흩뿌려진 주근깨와 둥근 이마를 지나 얇은 쌍꺼풀이 진 긴 눈. 나루는 잠깐 혼란스러웠으나 곧 사람일 리 없다는 걸 깨달았다. 녀석에겐 안전 슈트도 호흡 필터도 보이지 않았다. 언제적 모델인데 저렇게 허접하지? 나루는 렌즈를 활성화해 코드 검색을 시도했다. 접속이 끊어졌는지 반응이 없었다. AI는 물끄러미 나루를 바라보다 팔짱을 꼈다.

"뭐해?"

"네가 언제 만들어진 모델인지 검색하고 있어."

AI가 기가 막힌다는 듯 팔짱을 끼며 코웃음 쳤다.

"너야말로 자기소개 같은 건 할 줄 모르고?"

나루는 당황해 몸을 일으켰다. 저렇게 감정적으로 대응하는 모델이라면 얀과 거의 같은 수준이다. 어느 돔 소속이지? AI는 눈을 반짝이며 등 뒤의 통에서 길고 가는 작대기를 꺼내 들었다.

"예의라곤 모르는 걸 보니 손이 근질거리네."

녀석은 말을 마치자 들고 있던 반원형의 물체에 작대기를 매는 시늉을 했다. 입매는 빙글빙글 웃고 있었지만 예감이 좋지 않았다. AI라면 사람을 해칠 리 없잖아. 그렇다면! 나루는 허둥지둥 일어났다. 나루는 얼른 두 손을 펼쳐 반원을 그린 다음 두 손을 가슴 앞에서 마주하는 정식 인사를 했다.

"미안해. 오해했어. 나는 D-4에서 온 나루야. 매를 따라오다 추락했어."

"나는 이피. 근데 D-4는 뭐야? 돔?"

"넌 어떻게 여기서 그렇게 다닐 수 있는 거야?"

"넌? 그렇게 껴입고 안 더워?"

이피의 얼굴에 흥미롭다는 표정이 떠올랐다. 속눈썹이 무척 길어서 눈을 깜박일 때마다 작은 그림자가 얼굴에 어른거렸다.

"원래 온도조절이 되는 슈트인데 지금 망가졌나 봐."

나루가 소매 없는 상의와 짧은 반바지, 샌들을 신기하다는 듯 차례로 바라보는 걸 알아챈 이피가 말했다.

"웬만하면 좀 벗지? 그러다 더위 먹어."

이피가 말을 마치자 기다렸다는 듯 나루의 이마에서 솟아난 땀이 턱 아래로 흘러 뚝 하고 떨어졌다.

"여기선 괜찮아. 어디서 뭔 소리를 들었는지는 몰라도."

나루는 갈등했다. 그래도 될까? 걔는 꽤 건강해 보이는데. 결론을 내리기도 전에 나루는 주섬주섬 슈트를 벗어 비히클 안에 넣고 있었다. 어쩔 수 없어. 더워, 덥다고.

"잘 생각했어."

이피의 시선이 비히클로 향했다.

"이것도 망가진 거야?"

"그런 것 같아. 내 AI도 응답하지 않아."

나루는 손목을 들어 바이오씰을 톡톡 건드렸다. 음성처리 모듈에 문제가 생긴 걸까? 만약 얀이 들을 수는 있는 거라면 희망이 아주 없진 않다. 아깐 왜 그 생각을 못 했지? 얀이 자가 진단을 마치려면 시간이 필요할 거다. 그때까지 잘 버텨야 한다.

“일단 가자. 여기 뱀 나와. 물리면 골치 아파.”

나루는 뱀이 뭔지 모르면서 흠칫했다. 커다란 괴물이라도 사는 건가.

“잠깐, 같이 가.”

나루의 목소리가 가늘게 떨렸다. 이피는 대꾸하지 않고 이미 앞서 걷기 시작했다. 나루는 비히클을 챙기려다 포기하고 이피를 따라 이끼가 낀 바위를 성큼 뛰어넘었다. 망설이다 호흡 필터도 뺐다. 첫 호흡에 곧장 눈이 휘둥그레졌다. 왜 공기가 맛있지? 나루는 혀를 내밀고 코를 벌름거리다 이상하다는 듯 쳐다보는 이피와 눈이 마주쳤다.

“너, 꼭 내가 키우던 개 같아.”

목소리에 웃음이 묻어 있었다. 나루는 영문을 알 수 없어 멀뚱히 눈만 깜박거렸다.

“아무 데나 눕고, 헥헥거리고, 킁킁거리고, 잘 따라오잖아.”

“그거…… 좋은 의미야? 나쁜 거 아니지?”

아무래도 저 표정이 뜻하는 바가 찝찝해. 뱀만큼은 아니지만 좋은 건 아닌 것 같아. 불안한 나루의 얼굴을 흘깃 본 이피가 다시 피식 웃었다.

“거봐. 역시 개 같아.”

이피가 웃자 하얀 치아가 반짝 빛났다. 숲에선 원래 모든 것이 빛나는 건가.

나루는 올라가는 중인지 내려가는 중인지 헷갈렸다. 돔과는 달리 지형이 계속 변했다. 발밑은 푹신하기도 하고 미끄럽기도 했다. 눈앞에는 스무 종도 넘는 나무와 풀, 꽃들이 가득했다. 이제껏 곤충이나 새, 작은 동물들은 대부분 홀로그램으로만 접해보았다. 잎사귀를 물고 있는 귀여운 동물과 눈이 마주치기도 했다. 쟤는 코알라야. 그 버섯은 독성이 있으니, 아무거나 함부로 건드리지 말고. 그 꽃 이름은 수국. 예쁘지? 이피는 선선히 나루의 질문에 대답해 주면서 간간이 멈춰 무언가 수집했다. 이피의 주머니가 점점 불룩해져 이제 더는 뭘 집어넣을 수 없을 것 같을 무렵이었다. 슬슬 다리가 아파왔다. 어디까지 가는 거람, 나루는 원망스럽게 이피의 날랜 뒷모습을 바라보았다. 재빠른 걸음을 따라잡기도 벅찬데 나루는 풍경에 정신이 팔려 나무뿌리에 자주 발이 걸렸다.

"이피, 정화된 물 갖고 있어? 목이 말라서."

비히클에서 영양 캡슐과 물을 챙기지 않은 것이 후회스러웠다. 걸음을 멈춘 이피가 뒤돌아보며 손가락 하나를 세워 입술에 가져다 대었다.

"떠들지 마. 동물들이 놀란단 말이야."

"동물들?"

"새끼를 가지면 예민해지거든. 사슴이나 오소리. 두더지의 둥지도 근처에 있어."

"어디에 있다는 거야?"

"눈에 보이지 않아도 있어. 지금 우리 발밑에도."

나루는 조심스럽게 흙에 손을 가져다 댔다. 돔 시티 안에서 흙은 귀한 것이었다. 돔의 설립자들은 다양한 광물을 들여놓기 위해 애썼다. 특히 에너지원의 확보를 위해 무리한 채굴을 서둘렀다. 결과적으로 그 행동이 대참사의 날을 앞당겼을지 모른다.

"이거 마셔. 식물의 액이야."

이피가 작은 물통을 내밀었다. 환한 얼굴로 물통을 건네받은 나루는 당황했다.

"왜 플라스틱을 써? 내가 온 곳에선 환경을 파괴하는 건 되도록 사용하지 않아. 어른들은 우리가 또다시 재앙을 일으키면 안 된다고 하시거든."

"플라…… 스틱?"

"플라스틱이 뭔지 몰라?"

"이건 식물 줄기와 파인애플 밑동을 섞어 만든 거야."

이피의 눈초리가 가늘어졌다.

"환경을 파괴하는 건 사용하지 않아? 돔에서 쓰는 그 어마어마한 에너지는 어디서 오는데?"

나루는 몇 번이나 문제를 일으켰던 핵융합발전소를 떠올렸다. 갑자기 할 말이 없었다. 입고 있던 재킷을 벗고 손부채질하자 이피가 놀리듯 물었다.

"더워? 네가 사는 곳은 여름 아냐?"

"여름방학이라 나온 거야. 끝나기 전에 돌아가야지."

이피의 눈초리가 점점 더 가늘어졌다.

“요것 봐라. 너 몰래 나왔구나?”

“아무래도 우리 서로를 좀 배려하는 대화를 하는 게 좋겠어.”

나루가 곤란하게 뒤통수를 긁적이자, 이피가 피식 웃었다.

“저 식물들을 봐. 구멍이 송송 뚫린 잎사귀 보여? 위쪽의 잎들이 아래쪽 잎들을 위해 구멍을 만들어 낸 거지. 햇빛이 골고루 잘 가닿으라고. 저게 배려야.”

잎사귀에 구멍이 뚫려있는 식물은 낯설었다.

“이제 서둘러야겠다. 해가 지기 시작하면 늑대가 나와.”

“늑대가 나온다고? 진짜 늑대가 있어?”

나루는 아까보다 더 당황했다. 최상위 포식자까지 돌아왔다는 것은 생태계가 완전히 복원되었다는 얘기인데.

“홀연히 나타나는 늑대는 사라질 때도 홀연히 사라진대. 그렇지만 반드시 사냥하고 가지. 늪 쪽으로 가면 악어도 있고.”

이피가 손가락을 세우고 달려들 듯 흐흐, 장난을 쳤지만, 나루는 다른 생각으로 머릿속이 복잡했다. 그토록 여러 번 돔 밖을 오갔던 드론이 몰랐을 리 없었다. 설마 통합정부에서 일부러 모른 척한 걸까? 어른들은 돔에서 나오는 것을 왜 거부하는 걸까? 정말 감염 때문에? 하지만 안전 슈트나 호흡 필터 없이도 이렇게 멀쩡한데. 혼란스러워진 나루가 말없이 걷는 동안 맑은 하늘에서 후드득후드득 빗방울이 떨어지기 시작했다. 눈부신 햇살에 손차양을 만들어 걷던 나루는 햇살보다 빗소리에 더 놀랐다. 세찬 빗줄기는 이제껏 한 번도 들어보지 못한 소리를 내며 땅바닥을 경쾌하게 두들겼다. 흰 꽃이 잔뜩 피어난 나무와 잎사귀가 커다란 나무 사이로 몸을 피한 이피가 손짓했다.

"걱정하지 마. 이런 비는 금방 그쳐."

나무 아래 서자 알 수 없는 향기가 진했다. 두 손을 모으면 손바닥에 진하게 고일 것 같은 향기였다. 한참 빗소리를 듣던 나루는 시선을 돌렸다가 무심코 손을 뻗어 이피의 볼에 붙은 풀벌레를 떼어 냈다. 콧잔등에 점점이 퍼진 이피의 주근깨가 실룩였다. 이피가 놀란 얼굴로 나루를 바라보았다.

"아, 꽃잎 같은 게 있어서……."

얼굴에 꽃가지 그림자를 드리우고 손을 휘휘 젓는 나루의 얼굴이 붉었다. 손목에 걸린 이피의 팔찌가 찰랑거리며 맑은 소리를 냈다. 그럴 때마다 꼭 악기를 연주하는 것 같아서 자꾸 눈길이 갔다. 나무 위로 후다닥 올라가는 무언가에 깜짝 놀란 이피가 앞으로 몸을 기울이자, 주머니에서 뭔가 와르르 쏟아졌다.

"이게 다 뭐야?"

"개암나무 열매. 다람쥐가 좋아해."

"다람쥐라는 걸 키워?"

이피가 분홍색 잇몸이 드러날 만큼 크게 웃었다.

"그럴 리가. 모두 그대로 두면 잘 지내는걸. 자, 먹어 봐,"

"……."

"왜? 벌레 먹은 게 달아. 일부러 양보한 건데. 이걸로 사탕 만들면 맛있어."

이피가 먼저 개암 하나를 입에 넣고 깨물자 따닥 닥 하는 소리가 났다. 나루는 머뭇거렸다.

"아토피랑 알레르기가 심해. 음식을 조절해야 해서……."

말을 맺지 못하고 우물거리던 나루의 코에 고소한 냄새가 스쳤다. 입 안에 침이 고였다. 나루는 배고픔을 참지 못하고 손을 내밀었다. 두 사람이 쏟아진 열매들을 주워 주머니에 넣고 몇 개는 오물거리는 동안 비가 그쳤다.

"일단 우리 집으로 가. 아빠랑 같이 자면 되겠지, 뭐."

"왜? 이피 너랑 자면 안 돼?"

"난 잘 땐 조용한 게 좋아. 아빠는 코를 심하게 고시거든. 너는 아냐? 남자애들은 코를 곤다던데?"

나루가 눈을 동그랗게 떴다.

"뭐라고? 그럼, 너, 설마 여자였어?"

다음 순간 나루는 이피가 다시 화살을 날릴까 봐 몸을 낮추고 있는 힘껏 뛰어야 했다. 돔 밖의 아이들은 다 저런가. 한참 뛰어가던 나루가 우뚝 멈춰 섰다. 숲과 초원의 경계에 작은 시냇물이 흐르고 밧줄로 엮어 만든 다리가 놓여있었다. 왼쪽 눈의 렌즈로 확대하자 다리 너머로 울타리가 세워진 마당과 작은 통나무집이 보였다. 이피는 나루가 무엇을 보고 멈췄는지 알아차리고 자랑스럽게 말했다.

"우리 집이야!"

"그러니까, 저기 앞에 보이는 저 오두막이……."

나루의 목소리에 놀라움과 불안이 어렸다.

오늘은 덫에 야생 닭이 걸려들었다. 기분이 좋아진 포는 휘파람을 불었다. 붉은 가젤만 잡혀 연일 놓아주던 참이었다. 개체수가 아직 많지 않거나 새끼를 밴 동물도 놓아주는 것이 당연했다. 그렇지만 일부러 닭을 키워 들짐승을 불러들이느니 우연을 기대하는 편이 나았다. 화덕에 넣어 요리할까? 모닥불을 피워 진흙 구이를 할까? 요리법을 궁리하며 발걸음을 재촉하던 포는 문득 걸음을 멈추었다. 굴뚝에서 가느다란 연기가 피어오르고 있었다. 저녁 준비를 하기에는 평소보다 한참 이른 시간. 이피가 벌써 배가 고팠던 걸까? 전기 울타리도 조금 열려있었다. 이 녀석, 오늘은 잔소리를 좀 해야겠구나. 아무리 배가 고파도 이렇게 부주의하다니! 포는 딸의 얼굴을 떠올리며 혀를 찼다. 짐승들은 어지간해선 이곳까지 내려오지 않았다. 먹을 것은 숲속에 충분하니까. 하지만 밤에 돌아다니는 호기심 많고 사나운 들개들은 안심할 수 없었다. 울타리만으로는 안심할 수 없어 전기 자갈도 깔아 놓았다. 포는 이상한 기색이 있는지 신중하게 집 주변을 살폈다. 저녁 공기는 여느 때처럼 평온했다. 마당의 펌프에서 한두 방울의 물이 똑똑 떨어지고 있었다. 연기가 피어오르고 있으니 위험한 상황은 아니겠지. 정이 많은 이피는 모래 구역에 사는 부족 비비언들을 좋아했다. 사람들과 신이 나서 떠들다 집으로 돌아올 때 풀이 죽는 딸을 보는 일은 쉬운 일이 아니었다. 또래 친구가 필요한 나이에 숲지기의 아이로 사는 것이 외롭기도 할 터였다. 문간의 등롱이 바람에 흔들렸다. 노을을 등진 포의 커다란 그림자가 문가에 드리워졌다. 안쪽을 향해 귀를 기울이던 포는 벌컥 문을 연 것과 동시에 재빨리 몸을 움직였다. 거구의 남자에게 목덜미를 잡혀 순식간에 제압당한 작은 사람이 바둥거리며 캑캑거렸다. 떠돌이 사냥꾼이라기엔 너무 연약한데. 포는 이상한 생각이 들었지만 쉽게 놓아줄 마음은 없었다. 부엌에 있던 이피가 급히 달려와 포의 팔을 잡아 흔들려 애쓰며 발을 동동 굴렀다.

"아빠! 아빠!"

울 것 같은 얼굴로 이피가 작은 주먹을 쥐어 포의 등을 콩콩 두드렸다. 그제야 놓여난 나루가 마룻바닥을 뒹굴며 작게 신음했다.

"걘 누구냐?

포가 음산하게 물었다. 나루를 일으키려던 이피가 긴장한 얼굴을 들고 머뭇머뭇 말했다.

"낮에 주웠어……요."

포는 더욱 미간을 찌푸렸다. 도대체 어디에서 온 아이지? 햇빛이라곤 보지 못한 듯한 창백한 얼굴. 렌즈를 꼈는지 소년의 양쪽 눈 색상이 고양이처럼 달랐다. 왼쪽 손목의 스티커는 아까부터 급하게 깜박거리며 녹색과 주홍색을 번갈아 발광하고 있었다. 설마, 이 아이……! 아이의 재킷 라펠에 시선이 머물렀다. 오랜만에 보는 주황색 핀이었다. 해를 중심으로 오른쪽에 그려진 반원. 동쪽의 돔 시티를 뜻하는 핀이 분명했다.

"야만인들의 아이인 거냐?"

더욱 서늘해진 포의 눈빛에 움찔한 나루는 긴장으로 땀이 난 손바닥을 바지에 문지르고 비틀거리며 일어났다. 세상이 핑 도는 것 같았다.

“안녕하세요, 저는 나루에요. 저는 네 번째 돔에서…….”

그 말이 채 끝나기도 전에 한 손을 들어 가로막은 포가 고개를 돌렸다. 이피는 아빠의 엄한 눈길을 피하며 짐짓 큰소리를 쳤다.

“아까 낮에 버섯이랑 열매 따러 갔다가 주워 왔다니까!”

작전을 바꾼 모양인지 이피의 목소리에 투정이 섞였다. 포는 모르는 척하고 끙 소리를 내며 의자에 앉아 마른세수를 했다. 마디가 굵고 거친 손이었다. 포는 멀뚱히 나루를 쳐다보는가 싶더니 눈을 꾹 감고 뜨지 않았다.

나루는 식은땀을 흘리며 자기 팔꿈치를 감쌌다. 넘어질 때 어딘가에 스쳤는지 살갗이 따끔거렸다. 낮에 먹은 열매가 문제였을지도. 그렇지만 이피는 멀쩡해 보이는데. 나루는 안절부절못하며 포와 이피의 눈치를 번갈아 살폈다.

“뭐야? 그새 다쳤어?”

이피가 수선스럽게 약초를 가지러 간다며 방으로 사라지자, 포가 눈을 떴다.

“장치는 껐나?”

“네?”

“기계는 전부 끄거라. 그리고 나가.”

차갑고 낮은 목소리였다. 포가 문 쪽을 가르치며 턱짓했다.

“네가 어디서 왔는지 알고 있다. 위치 파악이 되는 상태라면 애초에 돌아갔겠지. 내 딸을 따라온 걸 보니 문제가 생긴 거고.”

나루는 어지러운 눈을 들어 막막하게 창밖을 바라보았다. 곧 해가 질 모양이었다. 숲과 하늘의 경계에 노을이 번지기 시작한 바깥은 버추얼 갤러리에서 본 그림과는 비교할 수 없이 아름다웠다. 나루가 마지못해 한 걸음을 떼면서 비틀거렸다. 작은 소쿠리를 가지고 돌아온 이피가 나루의 팔을 잡았다가 깜짝 놀랐다.

"뜨거워! 아빠, 얘 아까부터 열이 나요."

"열? 열이 난다고?"

이피의 말을 들은 포의 안색이 바뀐 다음 순간 쿵, 하고 나루가 쓰러졌다.

나루는 꼬박 며칠을 앓았다. 나른하게 돌아가는 회전목마에 탄 듯한 낮과 밤이 지나갔다. 몽롱하게 자다 깨기를 반복하는 사이 작은 손이 이마를 짚고, 젖은 수건이 올라오고, 입가에 미지근한 물이 흘러들었다. 주전자가 끓어오르는 소리, 두 사람의 소곤거리는 소리가 꿈결인 듯 들려오기도 했다. 나흘째 날 어슴푸레한 새벽빛이 밝아올 무렵, 마침내 끓어오르던 열이 식었다.

나루는 일어날 힘이 없어 종일 빗소리를 들었다. 비는 창문에 붙어 물방울이 되었다가 이내 저들끼리 합쳐져 흘러내렸다.

비가 그치고 무지개가 떴다. 창문을 통과한 햇살이 점점 길어지다 벽난로 위쪽으로 사라질 즈음 포가 돌아왔다. 오두막의 문이 열리는 소리와 함께 커튼이 살랑거렸다.

묵직한 상자를 내려놓은 포는 부츠를 벗으며 작은 소리로 투덜거렸다. 그가 상자에서 무언가 한 줌 가득 집어 들어 주전자 안에 털어 넣었다. 낯선 냄새가 집 안을 떠돌았다. 이피는 코를 벌름거리다 저도 모르게 입이 귀에 걸렸다. 계피와 정향, 카다멈의 향기가 곧 오두막 안을 가득 채웠다. 포가 비비언들에게 다녀왔다는 의미였다. 이피의 가슴이 부풀어 올랐다. 축제 준비다!

"모래 구역에 다녀오셨어요?"

"그래. 축제가 시작되었단다."

신이 난 이피가 폴짝폴짝 뛰면서 환호성을 질렀다.

"저희도 데리고 가실 거죠?"

"……."

포가 말없이 마당으로 나가자, 이피가 얼른 그 뒤에 따라붙어 종알거렸다.

"아빠, 재도 데리고 가요. 응?"

맷돌을 가져온 포가 통나무 둥치에 앉자, 이피가 초록이 수북한 커다란 자루를 가져왔다. 해가 완전히 지기 전에 불 피울 준비도 하고 기름도 짜야 했다. 포의 마을에서 식물의 기름은 중요한 에너지원 중 한 가지였다.

돌덩이가 돌아가는 소리에 누워있던 나루는 창문을 열고 살그머니 고개를 내밀었다.

"그 사람들은 절대 변하지 않아."

포의 낮고 단호한 목소리가 마당에서 들려왔다. 나루의 가슴이 철렁 내려앉았다.

"우리가 외부인을 보호하고 있다는 사실이 알려지면 곤란해질 수 있어."

잠시 말을 멈춘 포가 기름통을 바꾸는 사이 다가온 이피가 생글생글 웃으며 두 손으로 면 보자기를 펼쳐 들었다.

"외부인인 걸 숨기면 되잖아요."

포가 들은 척도 하지 않자 이피는 쪼그리고 앉아 코를 훌쩍이며 눈물을 닦는 척했다. 기름통이 채워질 무렵, 쭈뼛거리며 마당으로 나온 나루를 발견한 이피가 반색하며 일어났다.

"이제 괜찮아졌어?"

이피의 다정한 말에도 불구하고 나루는 어찌할 바를 몰랐다. 나루를 보는 포의 시선이 차가웠다. 어째서 저렇게 싫어하시는 걸까. 나루의 슬픈 얼굴을 본 이피가 다시 발을 굴렀다.

"언젠가 제가 위험에 처해도 아무도 돕지 않을 거예요. 아빠는 우리가 행동한 대로 고스란히 되돌아온다고 하셨잖아요!"

뾰로통하게 입을 내민 이피가 팔랑 뒤로 돌아 뒤꿈치로 쿵쿵, 땅을 찍으며 세 걸음. 돌아서 다시 쿵, 쿵. 포가 깊은 한숨과 함께 입을 열었다.

"너무 눈에 띄지 않게 옷부터 갈아입히거라."

이피가 환호성을 질렀다. 나루는 몇 번이나 두 손을 모으고 고개를 숙였다.

"대신, 늦게까지 놀 수 없는 건 알고 있겠지? 의심을 사기 전에 집으로 돌아와야 하니까."

입꼬리가 올라가려다 만 이피가 볼에 바람을 잔뜩 넣은 얼굴로 씩씩거리며 기름통을 옮기려 할 때 나루가 재빨리 다가갔다.

"이거 주방에 가져갈까?"

"아니, 보일러실."

"보일러실? 나무를 땔감으로 쓰는 게 아니라?"

"우리 연료는 그거야. 근데, 나무를 막 베어낸다고? 누가 그런 나쁜 짓을 해!"

나루는 부끄러움에 귓불이 달아올랐다.

"고작 이것만으로? 전기는?"

"물론 딴것도 쓰지."

"…… 어떤 거? 나무가 아니면 이 숲에 뭐가 있는데?"

"많지. 이제 하나 더 늘었고."

이피가 갑자기 짓궂은 얼굴로 키득거렸다. 그러고는 여전히 영문을 모르겠다는 얼굴을 한 나루에게 화장실 방향을 가리키며 말을 이었다.

"네 배 속에 있잖아, 이 멍청아!"

"응?"

"메탄가스! 그것도 몰라?"

돔에서는 핵융합 발전기를 썼다. 우주선만큼이나 큰 덩치를 갖고 있었다. 가격도 그만큼 비싸다고 했다.

"돌아온 날 축제에 가면 다른 것도 많아 깜짝 놀랄걸?"

"돌아온 날 축제가 뭐야?"

이피는 위를 보라는 듯이 손가락을 들었다.

"넌 내가 인간으로 보이니? 흐흐흐……. 원래 여긴 외부에선 보이지도 않은 곳이라고."

"푸흡, 흡……."

포는 결국 웃고 말았다. 나루의 배에서 꼬르륵하는 소리가 났다. 아무래도 너무 오래 누워 있었던 모양이었다. 이피가 웃으며 손을 내밀었다.

"들어가자. 맛있는 버섯 스프를 데워줄게."

"지금 식사가 허락된 시간이야?"

나루의 질문에 이피가 이상하다는 듯 나루를 바라보았다.

"무슨 허락? 밥 먹는 시간이 따로 있어?"

"돔에서는 에너지 쓰는 게 한꺼번에 몰릴까 봐…… 에너지가 부족해지면 발전기가 꺼지고…… 잘못하면 터질 수도……."

생각해 보니 이곳에 에너지가 부족해질 일이 생길 리 없었다.

"잘못하면 터질 수도 있는 게 친환경적인 건가? 연료를 왕창 태우건 말건 탄소만 발생하지 않으면 괜찮다는 건가? 하여간 너희 돔 사람들은 도무지 이해할 수가 없어."

포가 비아냥거리듯 말했다. 하지만 더 이상 처음처럼 험상궂은 얼굴은 아니었다.

"이걸로 간다고요? 그러니까, 이걸 타고 날아오른다고요?"

"싫으면 관두거라. 아무도 너에게 강요하지 않는다."

담쟁이덩굴이 벽을 타고 오르는 집의 오른편, 커다란 나무가 우거져 뜨거운 여름 햇빛을 거르고 있었다. 다람쥐가 나뭇가지 위를 부지런히 오르내렸다. 붓끝으로 콕콕 찍은 듯한 꽃송이가 매달린 나무였다. 그늘 아래 커다란 바구니 가장자리에 선 나루가 입을 딱 벌리고 서 있는 동안, 포는 커다란 천을 펼치고, 이피는 무거워 보이는 모래주머니를 날랐다. 나루가 얼른 모래를 하나 받아 들고 말했다.

"저건 꼭 동화 속에 나오는……."

"열기구."

"그러니까, 꼭 열기구……. 응?"

"맞다고. 열기구."

포가 끼어들었다.

"정확히는 수소에너지 기구. 훨씬 빠르고 안전하지."

농담하지 말라는 듯 웃다가 다시 입을 벌리고 서 있는 나루에게 이피가 두툼한 겉옷을 건넸다.

"입어. 올라가면 추워."

"진짜로 이걸 탄다는 거지?"

"그럼 뭘 타게. 너의 망가진 고철 로봇?"

"고철이라니? 최신식 비히클이라고!"

이피가 피식 웃었다.

"친환경적인 게 최신이지."

작은 마당 한쪽에 누워있던 천이 순식간에 커다랗게 부풀어 올랐다. 부풀어 오른 풍선은 이제 천처럼 보이지 않았다. 돔 시티의 지붕과 비슷하지만, 훨씬 얇아 거의 투명해 보였고 풍선 안쪽에서 여러 가지 캔디 컬러의 빛이 반짝거렸다. 거꾸로 세워놓은 물방울처럼 뾰족한 풍선 꼭대기가 지붕보다 약간 높은 곳에서 흔들거렸다. 포가 넋을 잃고 고개를 쳐든 나루를 향해 손짓했다.

"안 타고 뭐 해, 시간 없어."

손뼉을 치며 이피가 환호했다.

"꺄하! 가자, 바다로!"

바구니 안에 탄 세 사람의 얼굴을 붉고 푸르고 노란빛이 시시각각 물들였다. 수소 풍선은 곧 높이 올라가 먼 곳을 향했다. 나루의 발아래에는 흰 구름이, 머리 위에는 별이 빛났다. 마치 낮과 밤이 동시에 존재하는 것 같았다.

모래 구역으로 들어서자 멀리 야자나무의 윤곽 사이로 희고 큰 새들이 날아다니는 것이 보였다. 포는 새들에게 부딪히지 않도록 조심하면서 천천히 해변에 내려왔다. 습기 어린 바닷바람이 나루의 머리칼을 흩날렸다. 이피가 나루를 향해 몇 번이나 했던 다짐을 거듭했다.

"절대 입 열지 마. 말 못 한다고 할 거니까. 알았지?"

고개를 끄덕이는 나루의 시선이 붙들린 곳은 여러 개의 모닥불이었다. 일렁이는 불꽃 아래 겹겹이 쌓인 나뭇조각들을 앞에 두고 몸을 기울인 사람들이 둥글게 앉아 있었다. 가까이 다가갈수록 신비로운 음악 소리도 들려왔다. 음악은 울려 퍼지는 게 아니라 바람결인 양 날아왔다. 연주자의 손이 다 닿는 게 신기할 정도로 커다란 악기. 수없이 많은 줄들 위로 저녁해가 비추자, 모든 것이 마법이 되어버렸다.

하프였다. 박물관에서나 보던 하프가 있다니! 어떻게 그게 가능

할 수 있지? 나루는 갈수록 혼란스러웠다. 친환경 에너지들도 놀랍지만, 문화와 예술까지! 혹시 이들은 외계인? 아니면 비히클에서 추락했을 때 나는 이미 죽었나? 여기는 천국인 건가? 그때 세 사람을 발견하고 손짓하는 이가 있었다. 호리호리한 몸매에 어딘가 구부정하고 무언가 머리에 길게 두른 여자였다. 포와 이피가 인사를 나누는 중에도 그녀는 나루를 날카롭게 주시했다. 뭐지, 왜 저러시지. 나루는 방금 받은 뜨거운 고구마를 호호 불며 아무렇지도 않은 척 애썼다. 하프 연주와 함께 타닥타닥 타오르는 모닥불 위로 푸른 저녁이 내려앉았다. 조용히 밀려오는 파도 위로 별빛이 하나둘 고개를 내밀고 반짝거렸다.

"옛날 사람들은 자기가 태어난 날에 맞춘 별자리가 있었대. 그래서 스페이스 콜로니도 가장 가까운 별자리의 이름을 따서 지었고."

이피가 소곤거렸다. 스페이스 콜로니라니, 대참사의 날 이전에 우주로 간 사람들을 말하는 거로군. 하지만 그들은 실패하지 않았던가. 나루는 입이 근질거렸지만, 말을 못 한다고 했으니 어쩔 수 없었다.

"과연 그 사람들 살아있을까? 아니겠지? 테라포밍에 성공했다면 연락했겠지?"

아까의 여자가 나루 대신 대답했다.

"거울을 만드느라 바빴을지도 모르지!"

좌중에 웃음이 터졌다. 나루가 이피를 향해 눈썹을 치켜들었다.

"기온을 높이는 기술에 대한 얘기야. 집광 장치 말이야."

나루에게 떠오른 의문과 혼란을 읽었는지 이피가 덧붙였다.

"아무도 몰라. 우주로 간 사람들이 어떻게 되었는지. 다른 방법은 다 실패했으니까. 고지대로 도망간 사람들도 있었고 방공호를 만든 사람들도 있었지만……."

포가 말했다.

"그래. 우주로 가려다 가지 못한 사람들도 있었지. 우리들처럼."

역시……. 그랬구나. 나루는 고개를 끄덕이며 앉아있었다. 그래도 의문은 여전했다. 돔처럼 안전한 대피소가 없었던 것은 확실했다. 대체 이들은 어떻게 살아남았을까? 일어나 몸을 푸는 척 목을 빼 다른 무리를 살피며 살금살금 걷는데 카랑한 목소리가 나루를 돌려세웠다.

"너."

흠칫 놀라 우뚝 선 나루는 마른침을 삼켰다. 애써 해맑은 표정으로 돌아선 나루를 찌를 듯한 눈으로 바라보던 여자가 손목의 바이오씰을 눈짓했다.

"연결된 상태인가?"

"아……."

하마터면 대답할 뻔했잖아. 어쩌지. 떨리는 마음을 애써 누르며 고민하는데 그녀가 다시 말했다.

"아닌가 보군."

어떻게 아는 걸까? 이피가 말했나?

"고쳐줄까?"

바짝 언 나루가 머뭇거리는 사이 대답은 필요하지 않다는 듯 그녀가 말을 이었다.

"어딨지?"

"네?"

"타고 온 거. 어디 있냐고."

나루는 망설이다 대답했다.

"아, 그게, 저기…… 비히클을 아세요?"

어물거리며 되물었다.

"네가 돔에서 나온 첫 번째 사람이라고 생각하는 건 아니지?"

피식거리면서도 왠지 슬픈 눈빛이었다.

"아이는 처음이긴 하지."

의미심장하게 씨익 웃은 여자가 나루를 돌아보았다.

"말 못 한다는 핑계도 처음이고."

딱하다는 듯한 말투였다. 어쩔 줄 모르던 나루는 어느새 자신을 쳐다보는 사람들의 시선을 느끼고 털썩 주저앉았다. 포가 울상이 된 이피를 향해 내가 뭐랬냐는 듯 고개를 가로저으며 나무라는 표정을 짓고 있었다.

"어떻게 여길 찾아낸 거지? 우리 장치가 작동하지 않은 건가?"

"그럴 리가! 추락이라도 하지 않고서야……."

사람들이 수군거렸다.

"안느 할머니, 걘 아무것도 모르는 것 같아요."

이피가 여자에게 안타까운 눈빛을 보냈다. 포가 그런 이피를 끌어당겨 앉히며 등을 다독였다. 그녀, 안느는 모두를 둘러보며 다시 미소 지었다.

"어차피 오늘은 돌아온 날을 기념하는 날이니까. 여기 또 한 사람이 돌아왔군. 비록 우리와는 다른 곳에서 돌아왔지만."

"저기 백사장 끝에 탑이 보이니?"

안느의 손끝을 따라 나루가 고개를 돌리자, 설치미술처럼 보이는 거대한 구조물이 보였다. 어둠 속에서도 하나의 덩어리가 아니라는 것은 쉽게 눈치챌 수 있었다.

"인간이 사라지자 숲과 바다가 얼마나 빠르게 회복 중인지, 놀라운 일이 아닌가? 사람이 자연을 정복하고 소유하려 하다니 그렇게 어리석을 수가……. 바다보다 배가 클 수는 없어. 우리를 다시 받아들여준 것은 자연이지. 그걸 잊지 않기 위해 저 탑을 만들었지."

"저 탑이 뭔데요?"

"저건 쓰레기 탑이야. 오백 년이 지나도 천 년이 지나도 썩지 않는 부끄러운 유산이지. 플라스틱과 알루미늄, 스테인리스, 납과 카드뮴 같은 것들……. 우린 역사를 잊지 않기 위해 쓰레기를 모아 그물로 단단히 고정해 두었어. 아마 어딘가에는 조각난 전파도 떠돌고 있을 거야."

나루는 학교에서 배운 내용을 떠올렸다.

불길한 징조와 거듭된 학자들의 경고에도 불구하고 플라스틱 시대의 사람들은 습관을 고치지 못했다. 단 한 번밖에 사용하지 않을 물건들을 계속 쓰면서, 옳지 못한 먹거리를 소비하면서. 온실가스를 배출하고 빙하가 녹아내리고 멸종위기종이 늘어나도 이것만은 어쩔 수 없다는 듯. 불편함을 참을 수 없어서, 취향 때문에 체면 때문에……. 핑계는 다양했을 것이다. 저 탑이 그들의 유산이구나. 저런 탑이 얼마나 많을까? 나루는 얼굴도 모르는 옛사람들이 원망스러웠다. 돔에서는 별빛도 보이지 않는데, 바다도 모르고 사는데.

"처음에 돔이 어떻게 세워졌는지 알고 있니?"

포가 갑작스레 끼어들었다. 목소리에 묻어있는 비난도 숨기지 않았다.

"네가 살던 바보들의 방주 말이다!"

안느가 조용히 손을 들어 포를 제지했다. 포가 투덜거리며 입을 다물자 다시 안느가 나루를 바라보았다.

"위기를 코앞에 두었을 때, 국제적인 토론이 시작된 건 당연했지. 그러나 이 문제를 토론하기 위해 모인 이들 중 걸어온 사람은 없었어. 각자의 모빌리티나 무빙워크, 드론이 배출하는 탄소량은 토론에서 언급되지도 않았어. 더 옛날 사람들도 그랬겠지. 종말 사태가 자신이 살아있을 때 일어나지는 않을 거라는 안일한 생각……."

포가 답답하다는 듯 큰 숨을 쉬었다. 안느는 계속 해서 말을 이어 나갔다.

"아이러니하게도 유일한 해결책은 돔 시티의 건설이었어. 에너지 자립을 위한 연구소가 세워지고 각국의 전문가들이 투입되었지. 돔의 건설 계획이 발표되자 사람들은 드디어 희망을 찾았다며, 기뻐했지. 물론 여전히 다른 방법을 찾는 사람들도 있었지만 거기엔 문제가 좀 있었어. 마지막으로 남은 문제는 돔 이주민의 자격이었다네. 과연 누가 들어가고 누가 남을 것인가, 불안한 시민들의 반발이 시작되었고 엄청난 규모의 시위대가 몰려나왔어. 분노에 찬 목소리가 광장을 가득 메우고 모든 언론이 연일 싸움을 해댔어. 그래도 시간은 흘렀지. 먼저 무엇을 갖고 들어갈 것인가를 정했지. 쌍을 이룬 동식물들과 위대한 예술품 같은 것들이 명단에 포함되었어. 정작 예술가들은 명단에 몇 오르지 못했지만……. 생산적이지도 못 하고, 그들이 하는 일을 AI가 어느 정도 대체할 수 있다는 계산이었겠지."

돔에서 배운 것도 있었지만 처음 듣는 이야기들이 많았다. 음악과 미술, 문학과 연극, 영화……. 그것을 만들던 사람들. 나루는 예술가라고는 가수와 무용가밖에 본 적이 없었다. 다른 것은 모두 AI의 몫이었다. 그런데 여기엔 하프 연주자도 있다니!

"명단에 들어가지 못했는데 살아남은 사람이 있었나요? 탐지 드론은 아무도 찾아내지 못했어요. 지금까지도요."

재차 묻는 나루의 목소리가 조금 떨렸다.

"드론? 그걸 따돌리는 일은 쉽지. 비행이나 방어 기술은 우리가 한참 앞서 있어. 우린 '돌아온 사람들'이야."

나루는 꿀꺽 침을 삼키고 가장 하고 싶었던 질문을 했다.

"여러분은…… 어디서 돌아온 거죠?"

"우주선."

"하지만 아까 올라간 사람들에 대해 잘 모른다고 하셨잖아요."

"우린 띄우지 못한 우주선에서 버텼으니까."

포가 이를 갈듯 말했다. 두 사람을 조용히 바라보던 안느가 포의 어깨를 가볍게 두드리고 말을 이었다.

"계급을 나누는 것과 다름없는 그 명단이 발표되자 난리가 났지. 그런 상황에서 우주로의 여정은 두렵지만 괜찮은 도전이었어. 죽음만을 기다리던 이들에겐 두말할 나위 없이 좋은 기회였고. 갈 수 있는데도 돔으로 들어가기를 거부한 사람들도 있었지. 그들은 스페이스 콜로니로 갈 두 번째 우주선을 만들었어. 돔보다 더 빨리 완성되었지. 다만 한 가지 결함이 있었어. 그걸 해결하려면 티타늄과 니켈 같은 바깥의 재료들. 그리고 시간이 더 필요했지만 재앙의 날은 너무 빨리 닥쳐왔지. 지구는 점점 말라갔어. 온도가 오르는 것이 가속화되면서 산소 농도가 낮아졌지. 뜨거운 곳은 점점 더 타올랐고 찬 곳은 혹독하리만큼 차가웠어. 태양광선을 막아줄 대기가 너무 많이 소실되어 극단적인 온도의 건조한 행성이 된 거야. 우주선 안은 괜찮았어. 그 안에서 농사도 짓고 그 안에서 태어난 아이가 새로운 가족을 이루기도 하면서 말일세. 긴 시간이 지나 우주선을 다시 띄우자는 의견이 나왔지. 돔 시티에 도움을 요청하자는 이도 있었고, 바깥에서 자연물을 갖고 와서 실험해 보자는 사람들도 있었지. 그런데 잠깐이라도 나간 사람들이 아팠어. 뭔가에 감염된 거지."

안느가 잠시 말을 멈추더니 이마에 손을 짚고 모닥불을 바라보았다.

"우리는 우주선 안에 병이 퍼지면 큰일이라는 생각에 그들을 격리했고, 다시 받아들여 주지 않았네. 그런데 어느 날 그들이 건강하게 사는 걸 알게 된 거야. 그래서 우리도 결국 나오게 되었지."

누군가 작아진 모닥불에 나뭇조각을 더 넣자 불은 더 크게 타올랐다.

"다들 한 번씩은 아팠어. 죽은 사람도 있었지만 대부분 생존했지. 여기 내가 증거가 아닌가. 세균이 많아서 문제가 아니라 너무 없어서 문제였던 거야. 한 번 병을 앓았던 부모로부터 태어나 숲을 뛰놀며 자란 아이들은 면역이 생겨 하루면 앓고 일어났지."

"그럼, 우주선은요?"

"연구실이자 아이들의 학교야. 과거의 과오를 잊지 말자는 뜻이랄까."

가만히 듣고 있던 나루가 안느를 바라봤다.

"여기 계신 여러분들은 한 번씩 겪은 거네요. 그럼, 돔 시티 사람들에게도 겪을 기회를 줘야죠."

포가 벌컥 화를 냈다.

"왜 그렇게 해야 하지? 내 조상들은 돔 때문에 사랑하는 가족들과 억지로 헤어져야 했어. 남겨진 일기장은 온통 눈물 자국이었다. 그런데 너희들은 여전히 정신을 못 차리고 드론이나 날리고 있지 않나!"

몇몇 사람들이 고개를 끄덕이며 동조했다. 나루가 모두를 둘러보며 안타깝게 외쳤다.

"돔에서는 단지 바깥의 사정에 대해 자세히 알 만한 기회가 없었을 뿐이라고요. 먼저 겪었을 뿐인데 경험하지 못한 사람을 혐오하면 안 돼요!"

안느가 포를 바라보았다.

"들었나? 내가 한 말과 별로 다르지 않지?"

포가 못 들은 척 못마땅한 얼굴로 일어났다.

"이제 그만 일어나자. 네 비히클은 너 아플 때 다 고쳐 놓았어. 네 AI는 말하는 기능만 고장 났을 뿐이야. 내일 자고 일어나면 돌아가거라. 은혜를 안다면 우리에 대해서 입도 벙긋 말고!"

"내가 예쁜 거 보여줄까?"

포가 잠들고 나자, 이피가 살며시 나루의 소매를 잡아끌었다. 어둠이 짙게 내린 마당을 지난 두 사람은 울타리를 살며시 열고 조심스레 걸었다. 손전등을 들고 경사로를 따라 강가로 이끈 이피가 나루의 팔을 잡았다.

"잘 봐."

생각에 잠겨있던 나루는 이피가 손전등을 갑자기 꺼버리자, 긴장했다. 풀숲으로 움직이는 이피를 따라 한 걸음 옮긴 나루가 저도 모르게 소리쳤다.

"별이 움직여!"

작지만 빛나는 별들이 두 사람의 눈앞에서 조용히 춤추고 있었다. 빛으로 이루어진 시냇물이 허공을 흐르는 것처럼 보이기도 했다. 그 아래로 달빛 비친 강이 반짝거리는 것을 두 사람은 홀린 듯 바라보았다.

"반딧불이야. 그냥 보기만 하고 잡지는 마. 고약한 냄새를 피울 거야. 쟤네도 방어할 줄 알아."

이피가 나직하게 말했다. 자기도 모르게 반딧불이를 잡으려 손을 뻗던 나루가 머쓱하게 손을 거두었다.

"보여줘서 고마워. 너무 아름다워."

"쟤들은 물이 맑아야 살 수 있어. 돌아온 지 얼마 되지 않았대."

어디선가 바스락거리는 소리가 들려왔다. 자신도 모르게 목을 움츠린 나루를 보며 이피가 싱긋 웃었다.

"이제 돌아가자. 우리가 없어진 걸 알면 아빠가 걱정하실 거야. 너도 마찬가지겠지."

나루는 문득 키코의 얼굴이 떠올라 고개를 떨구었다.

"괜찮아. 우린 다시 만날 거야."

"네가 그걸 어떻게 알아?"

"같은 별에 사니까. 안느 할머니는 모두가 힘을 합할 때가 곧 온다고 하셨어."

이피가 노래나 시를 읊조리듯 말하며 다시 손전등을 켰다. 마당으로 돌아온 두 사람은 포의 창가에 촛불이 어른거리는 것을 보았다. 울타리를 점검한 이피는 나무에 매달린 그네에 앉아 나루를 다시 불러 세웠다.

"아빠를 미워하지 말아줘. 숲이 다시 망가질까 봐 걱정하시는 거야."

"알아. 난 그저……."

"너 아플 때 많이 걱정하셨어. 밤새 네 땀을 닦아주고 젖은 옷을 갈아입힌 것도 아빠야."

"…… 돔 사람들도 자연이 싫어하는 걸 안 하면 되는데. 그게 그렇게 어려울까?"

"그러게. 자연이 사람보다 똑똑한데."

"아……! 나도 너에게 보여줄 게 있어."

나루는 주머니 속에서 로봇벌을 자랑스럽게 꺼내 들었다. 꼬리의 전원을 켜자, 로봇벌이 뾰족한 주둥이를 쳐들고 붕붕 공명하며 날아올랐다.

"귀엽다. 꼭 네가 타고 온 장치의 작은 아기 같아."

이피가 웃으며 손을 내밀었다. 나루는 잠시 생각하다가 로봇벌을 잡아 주머니에 집어넣고 두 손으로 이피의 손을 마주 잡았다. 이번에는 이피가 당황했다.

"양손 악수는 우리가 모두 연결되어 있다는 의미야. 한 손은 나와, 한 손은 아빠와 잡아야지."

민망함에 나루의 얼굴이 붉어졌지만 이피는 모르는 척 소리 없이 웃고 나직하게 노래를 불렀다.

둘이 그네를 타며 아쉬운 마음을 달래고 있을 때 검은 그림자들이 울타리를 향해 다가서고 있었다. 들개들은 날카로운 발톱과 이로 울타리를 부수고 거칠게 흔들었다. 울타리의 윗부분이 떨어져 나가는 소리에 놀란 두 사람 뒤로 포가 뛰어나왔다.

"어째서 전기 울타리가 작동하지 않은 거지? 분명히 켜놨는데!"

경악한 얼굴의 포가 허둥거리며 발전기를 가동했지만 이미 두 마리의 들개가 울타리를 훌쩍 뛰어넘어 다가오고 있었다. 마당에 들어선 개들은 맹렬히 짖기 시작했다. 겁에 질린 나루는 커다란 이빨을 드러내고 사납게 다가오는 서슬에 얼음처럼 몸이 굳어졌다.

"안 돼!"

포가 들개 한 마리를 향해 무언가를 뿌리며 소리를 질렀다. 그와 동시에 다른 한 마리가 잔뜩 몸을 움츠린 이피를 향해 슬금슬금 다가가고 있었다. 포가 나루를 보며 다급하게 소리쳤다.

"거기 아래 버튼! 버튼을 눌러! 빨리!"

나루가 집 벽에 붙어있는 버튼을 누르자 기묘한 주파수의 삐 소리가 사방에 울렸다. 소리에 예민한 들개들이 주춤거리는 틈을 타 포가 재빨리 여러 개의 화살을 쏘았다. 개들은 비틀거리다 울타리를 넘어 도망갔다. 조용해진 마당에 붉은 피가 점점이 떨어져 있었다. 그리고 이피가 쓰러져 있었다.

거친 숨을 몰아쉬는 이피에게서 몸을 일으킨 의사가 무거운 말투로 입을 열었다.

"병의 진행이 너무 빠르군. 어쩌다 전기 펜스를 잊었나!"

침대 곁에서 머리를 감싸 쥐고 있던 포가 낮게 신음했다. 애처로운 얼굴로 이피의 이불을 고쳐 덮은 포가 돌아서서 의사에게 말했다.

"잊었을 리가……. 기록을 보니 무언가 다른 파장의 간섭이 일어나서 꺼져있더군."

포가 힘없이 말하며 스르르 앉았다. 옆에 있던 나루의 마음이 쿵, 하고 떨어졌다. 설마……. 나루는 저녁의 기억을 더듬었다. 습격이 있기 직전에 한 행동이라면……, 설마 나 때문인가. 나루의 심장이 조마조마하게 떨렸다.

"저……, 사실은 제가 로봇벌을 날렸었어요."

경악한 두 사람이 나루를 바라보았다.

"아주 잠깐이었어요."

의사가 고개를 흔들었다.

"그렇게 터무니없는 짓을……."

"로봇벌을 풀다니 제정신이냐?"

"죄송해요. 그렇게 될 줄 몰랐어요."

나루의 마음이 졸아붙었다.

"로봇벌은 모든 종류의 전기 파장에 간섭을 일으킬 뿐 아니라 생태계를 교란한다. 너희들은! 너희들은 뭘 해서가 아니라 존재 자체가 문제야! 그냥 돌아가라고 내가 몇 번이나……."

포가 한 마디 한 마디를 씹어뱉듯이 말했다. 깍지를 낀 손가락 끝이 하얗게 되어 손등의 살이 패일 정도로 힘을 주고 있었다. 말문이 막힌 나루는 창백한 이피의 얼굴을 바라보며 눈물을 흘렸다. 두 아이를 바라보는 포 역시 화를 내고 있지만 눈물이 그렁했다.

"치료제가 급한데……."

"…… 그걸 당장 어디서 구하죠? 우주선은 너무 먼데."

의사가 안타깝게 고개를 저으며 말을 잇지 못했다. 나루는 입술을 깨물며 생각했다. 이대로 죽을지도 모르는 이피를 버려두고 혼자 아무렇지도 않게 돌아갈 수는 없었다. 나 때문이야. 괜히 돔 시티의 기술을 뽐내고 싶은 욕심에 로봇벌을 꺼내서 이피를 아프게 만들었어. 이피가 흐릿한 목소리로 말했다.

"머리는 뜨겁고 눈이 무거워……. 아, 반대로 말했나……."

힘겹게 말하는 이피의 입술이 창백했다.

"미안해. 나는 네 덕분에 잊을 수 없는 방학을 보냈는데. 널 내 비히클에 태워준다고 약속했는데……."

어? 나루의 머릿속에 느낌표가 떴다.

"방법이 있어요!"

나루가 큰 소리로 외치며 벌떡 일어났다.

"네가 무슨 수로……."

힘없이 말을 뱉은 포가 막막한 얼굴로 먼 곳을 보았다.

"돔에 치료제가 있을 거예요. 저랑 같이 가요. 제가 사람들에게 설명할게요."

떨리는 목소리로 포가 물었다.

"무슨 수로 돔 안으로 들어간단 말이냐?

"아까 말씀하셨잖아요. 드론이 나갈 때의 특정 주파수가 환풍 장치를 잠시 멈추는 시간이 있었거든요. 로봇벌도 마찬가지에요. 벌이 환풍기를 멈추면, 그때 들어가면 돼요. 들어가는 건 나오는 것보다 훨씬 쉬울 거라고요."

포는 분노하는 눈빛을 했다가, 고민하는 표정을 지었다가, 이내 눈을 감고 침묵했다.

돔이 발칵 뒤집혔다. 나루의 장례식이 열리기로 한 날이었다. 환풍기를 통과한 세 사람이 AI 군대에 체포된 후 하루가 지났다. 반성의 방에 갇힌 나루는 두 사람의 소식이 궁금했지만 아무도 가까이 다가오지 않았다. 키코가 얀을 통해 화상 면회를 신청해서 울다 웃기를 반복했다. 저녁이 되자 긴급위원회의 호출이 전해졌다. 돔 지붕을 통과한 창백한 달빛이 스민 복도를 통과하는 동안 여러 대의 스캐너가 다가와 나루의 감염 여부를 샅샅이 스캔했다. 이상 없음을 뜻하는 초록 불이 켜질 때마다 나루는 숲을 떠올렸다. 같은 초록인데 너무나 다른 초록이었다. 단단하고 매끄러운 바닥을 걷는 일도 이상하게 낯설었다. 완만한 곡선을 그리는 천정에서 뻗어 나온 조명이 걸음에 맞춰 하나씩 켜지다 커다란 루미스크린 앞에서 멈췄다.

분할된 화면 속에서 환자복을 입고 잠이 든 이피와 편안한 얼굴의 포를 발견한 나루는 그제야 긴장이 풀렸다.

"마음대로 나간 것도 큰 문제지만, 너는 그 여자애 하나 살리겠다고 우리 모두를 죽게 만든 거나 다름없다!"

위원장이 회의 봉을 세차게 두들겼다. 나루를 보는 위원들의 눈빛에는 이루 말할 수 없는 감정이 서려 있었다.

"환풍기를 통해 오염된 사람들을 끌고 들어오다니! 지금쯤 돔 전체로 바이러스가 퍼져나갔을 거다."

"그렇지 않아요. 사람들은 잠깐 아플지 모르지만, 며칠 후면 다들 나아질 거예요. 저를 믿어주세요. 자연과…… 세균과 공생하면 우리 모두 안전해요."

"저 아이가 지금 무슨 이야기를 하는 겁니까?"

위원들이 각자 한마디씩 하느라 소란스러워지자 나루는 자신의 가슴을 두드리며 소리쳤다.

"저요. 제가 증거에요!"

애가 탄 나루가 발을 굴렀다.

"저도 밖에서 며칠이나 앓아누웠었지만 지금 이렇게 건강해요. 바이오씰을 한 번도 떼어내지 않았으니, 얀이 기록을 전송받았을 거예요. 확인해 보세요."

모니터 안의 위원들이 더 시끄러워졌다. 나루는 아랑곳하지 않고 있는 힘껏 외쳤다.

"바깥에 새들이 날아다녀요. 다람쥐도 있고 원숭이도 있어요. 멸종되었다던 꽃들이 활짝 피어있고요, 무엇보다도, 우리와 똑같은 사람들이 살고 있다고요! 돔의 에너지 문제도 해결할 수 있어요!"

푸른 새벽부터 하나둘 모여든 사람들이 어느덧 광장을 가득 채웠다. 기대와 흥분으로 빛나는 얼굴들이었다. 오랫동안 닫혀 있던 돔의 문이 열리기 시작하자 저마다 탄성과 한숨을 토하며 몸을 떨었다. 아무도 선뜻 첫걸음을 내딛지 못하는 가운데 군중들 사이에서 외침이 있었다.

"새 떼다!"

일제히 고개를 든 군중들의 머리 위로 새들이 날았다. 부메랑 모양의 무리는 마치 하나인 것처럼 바람을 가르며 하늘 위로 비상했다.

갈라진 구름 사이에서 태양이 천천히 떠오르고 있었다.